KB188945

헤매는 중이지만
찬란히 빛날 예정입니다

헤매는 중이지만 찬란히 빛날 예정입니다

괴짜 보건교사의 고군분투 도전기

초 판 1쇄 2025년 02월 26일

지은이 김주희
펴낸이 류종렬

펴낸곳 미다스북스
본부장 임종익
편집장 이다경, 김가영
디자인 임인영, 윤가희
책임진행 김요섭, 이예나, 안채원, 김은진, 장민주

등록 2001년 3월 21일 제2001-000040호
주소 서울시 마포구 양화로 133 서교타워 711호
전화 02) 322-7802~3
팩스 02) 6007-1845
블로그 http://blog.naver.com/midasbooks
전자주소 midasbooks@hanmail.net
페이스북 https://www.facebook.com/midasbooks425
인스타그램 https://www.instagram.com/midasbooks

© 김주희, 미다스북스 2025, *Printed in Korea*.

ISBN 979-11-7355-093-5 03810

값 19,500원

※ 파본은 본사나 구입하신 서점에서 교환해드립니다.
※ 이 책에 실린 모든 콘텐츠는 미다스북스가 저작권자와의 계약에 따라 발행한 것이므로 인용하시거나 참고하실
   경우 반드시 본사의 허락을 받으셔야 합니다.

미다스북스는 다음세대에게 필요한 지혜와 교양을 생각합니다.

헤매는 중이지만
찬란히 빛날 예정입니다

| 괴짜 보건교사의 고군분투 도전기 |

김주희 지음

미다스북스

그래도 괜찮아요

저는 전직 보건교사입니다. 현재 간호학과 학생들을 가르치고 있습니다. 몇 년 전, 태어나고 자라며 보건교사로 일하고, 결혼해 가정을 꾸렸던 그곳을 떠났습니다. 지금은 매우 아름답고 다이내믹한 도시, 부산의 해운대에 살고 있습니다. 따뜻한 남쪽 부산의 공기는 정말 포근하고 부드러우며 상쾌합니다. 연중 아름답게 펼쳐지는 바다와 주변 일대의 광경은 역시 최고의 관광도시, 명소답게 그 자체의 매력이 있습니다.

간호학과 학생들의 반짝이는 눈빛과 마주할 때면, 제가 선택한 지금의 이 삶이 정녕 옳았고 잘한 결정이라고 믿습니다. 어느 날 평생 직업으로 삼을 줄 알았던 보건교사를 과감히 그만두었습니다. 이 선택의 결과는 생각보다 밝지 않았습니다. 긴 어둠의 터널에 갇혀 제 선택을 후회하고 자책하며 계속 이러한 상태가 지속될 것 같다는 불안과 우울로 힘든 나날을 보냈습니다. 하지만 다행히도, 영원할 것 같았던 암흑의 시간은 비로소 끝이 있음을 보여 주었습니다. 저는 저 멀리 빛을 보았고, 그 빛을 향해 걸어 나갈 수 있었습니다.

지금은 더 희망적입니다. 언젠가는 그 빛이 더욱 밝게 빛날 것이라고 믿습니다. 처음 만난 그날부터 지금까지 줄곧 저를 '보석'이라고 부르는 선배 보건교사가 있습니다. 특별히 이뤄 낸 것이 없는 제가 어떻게 보석이 될 수 있는지 모르겠지만, 그는 변함없이 저를 보석이라고 부릅니다. 저는 결코 보석이 될 수 없다는 말에 그는 이렇게 메시지를 보냈습니다.

"보석아, 보석도 자신을 마주하지 않으면 자신이 보석인 줄 모르거든. 넌 지금도 빛나지만, 더 빛날 거야."

최고의 찬사를 받는 저는 충분히 행복한 사람임이 분명합니다.

보건교사로 재직하는 동안, 보이지 않는 벽을 허물고자 부단히 노력했습니다. 우리 사회는 끊임없이 변화하고, 교육계 역시 변화와 혁신을 부르짖습니다. 현재도 보건교사 출신의 장학사, 학교 관리자가 꾸준히 배출되고 있습니다. 저는 당시 비교과 교사와 보건교사에 대한 편견과 사회적 통념을 극복해야 할 시점이라 여겼습니다. 훗날 제가 장학사가 되고, 더 나아가 학교의 관리자가 된다면, 보건이라는 분야의 전문성뿐만 아니라 학교 업무 전반을 넓은 시야로 살피며 이끌어가는 리더가 되어야 한다고 생각했습니다. 직설적으로 말하자면 "보건교사가 뭘 알겠어?" 혹은 "보건교사라서 잘 모를 거야."라는 말은 결코 듣고 싶지 않았고, 절대 들으면 안 된다고 여겼습니다.

여러 일에 도전하면서 자신의 성취감과 만족감을 느꼈고, 이러한 경험들이 보건교사의 위상을 높여 줄 것이라는 희망도 품었습니다. 조금 거창하게 말하자면, 보건교사의 한계와 사회적 통념을 뛰어넘어 '보건교사도 무엇이든 할 수 있다.'는 것을 세상에 보여 주고 싶었습니다. 이것이야말로 보건교사의 진정한 혁신이라고 믿었습니다. 물론 이미 그 길을 개척한 이들도 있고, 지금도 과거의 저처럼 그 꿈을 향해 도전하는 선후배 보건교사들이 있으리라 생각합니다.

그렇기에 제 이야기를 책으로 내는 것에 대해 망설임과 의구심이 있었습니다. 그럼에도 용기를 내어, 이제는 제 이야기를 써 보기로 마음먹었습니다. 고군분투했던 저의 이야기가 누군가에게 작은 울림을 줄 수 있다면, 그 자체만으로도 가슴이 벅찰 것입니다. 그토록 외치고 싶었던 메시지, 제 안의 목소리를 이제라도 세상 밖으로 드러낼 수 있어 정말 후련합니다.

지나간 보건교사 시절의 일들을 하나하나 떠올려 봤습니다. 길지 않은 시간 동안 너무도 열심히 달렸습니다. 뛰다가 힘이 빠지고 넘어지더라도, 다시 일어나 또다시 달려갔습니다. 이렇게 열심히 뛰었던 과거의 저에게 진심으로 큰 박수를 보내고 싶습니다. 그리고 "너무 애썼어. 수고 많았어."라고 얘기하며 과거의 저를 따뜻하게 안아 주고 싶습니다.

언제가 될는지 모르겠지만, 앞만 바라보고 미친 듯이 내달렸던 치열한 보건교사 시절을 책으로 남기고 싶다고 생각했습니다. 이제는 그것이 가능한 시기이자 최적의 시점이라고 생각합니다. 그래서 결코 평범하지 않은 괴짜 보건교사 이야기를 시작하려고 합니다. 저 자신을 위해 혹은 그 누군가를 위해서 말입니다.

'괴짜 보건교사의 고군분투 도전기'는 직업 정체성에 대해 고민하는 신규 보건교사와 현직 보건교사, 보건교사를 꿈꾸는 분들, 그리고 과거의 저처럼 지금도 어디선가 외롭고 힘든 도전을 감행하는 분들, 새로운 꿈을 향해 나아가는 모든 분께 힘이 될 것입니다. 이 책을 읽는 모든 독자분들이 조금이라도 공감하고 위로받으시길 바라며, 영감과 행복, 희망을 전하고 싶습니다

저는 한때 옆도 뒤도 돌아보지 않고, 앞만 보고 달렸습니다. 하나의 길만이 답이라 생각했고, 그 길에서 낙오되거나 멈추면 큰일 날 것이라고 여겼습니다. 그래서 늘 불안했고, 숨이 차듯 힘들었습니다. 이제 와 돌아보니, 그 길이 아니어도 또 다른 길이 있었고, 그 길을 둘러싼 주변에는 미처 깨닫지 못했던 소중한 것들이 많았습니다. 그리고 제게 닥친 위기는 또 하나의 기회가 되었습니다. 저는 쉼을 통해 인생의 소중한 가치를 발견했고, 그때보다 더 행복해졌습니다.

이 책을 읽는 모든 독자분에게 꼭 전하고 싶은 말이 있습니다.

"가다가 넘어져도, 힘들면 쉬어 가도, 가끔은 주변을 돌아봐도 괜찮아요. 어쩌면 그 순간이 당신을 더욱 빛나게 할지도 모르니까요."

2025년 1월

김주희

안녕하세요,
초보 보건교사입니다

"There's always a first time for everything." - Unknown

"모든 것에는 항상 처음이 있다." - 작자 미상

최선과 기적으로
이뤄 낸 꿈

　내 인생에서 가장 감격스럽고 벅찬 순간을 묻는다면, 그중 하나는 단연코 '보건교사 임용 시험 합격'이다. 대학을 졸업하고 임상을 떠나 공부를 시작한 지 1년 반 만에, 나는 꿈에 그리던 '보건교사'가 되었다.

　나의 친할머니는 매일 어느 장소에서든 기도를 드리는 매우 신실한 천주교 신자셨다. 나 역시 모태 신앙으로 '아가다'라는 세례명을 가지고 있다. 성인이 된 이후에는 바쁘다는 핑계로 성당에 잘 나가지 않았지만, 유년 시절에는 성당에 열심히 다녔다. 초등학생 시절 단순한 감기인 줄 알고 계속 약을 먹어도 두통, 발열, 구토 등이 낫지 않아 뒤늦게 대학병원을 찾았고, 예상치 못한 뇌막염 진단을 받았다. 이때 너무 놀란 어머니는 눈물을 흘리며 밤새 기도하셨다. 어머니의 기도 덕분이었을까? 의사 선생님이 놀랄 정도로 일주일 만에 회복하여 병원에 입원했던 다른 아이들보다 훨씬 빨리 퇴원했다.

　나는 조금 어이없고 미신처럼 여겨지기도 했지만, 자연의 거대한 힘인 '하늘'을 무시무시한 존재인 신으로 믿었다. '진인사대천명(盡人事待天命)'을 강조한 아버지의 영향이었을까? 내가 할 수 있는 최선을 다하면, 하늘의 뜻이 따를 것이라는 믿음을 갖게 되었다. 지금도 난 그렇게 믿고 살아가고 있다. 그것은 내 삶의 원동력이기도 하다.

　내가 행하는 엄청난 노력을 하늘의 신이 안다면 반드시 그에 합당한 결과가 따를 것이라고 굳게 믿었다. 만약 최선을 다했음에도 불합격한다면, 그것은 하늘의 뜻으로 받아들이기로 했다. 어쩌면 이런 믿음은 불합격에 대한 두려움을 합리화하려는 일종의 방어였을지도 모른다. 결과적으로 불합격하더라도 후회와 미련이 남지 않으려면 최선을 다해야 했다.

　임용고시 50일을 앞두고 본격적으로 학습 계획을 세웠고, 그 계획을 철저히 실천했다. 취침과 식사 시간을 제외하고 하루 16시간을 공부하기 위해서 스톱워치를 사용했다. 스톱워치에 '16'의 숫자가 보여야만 목표를 달성한 것으로 간주하여 하루의 마침표를 찍었다. 물론 스톱워치를 누른 상태에서도 누워서 책을 보다가 잠들거나, 백 퍼센트 집중하지 못한 순간들도 있었다. 하지만 나는 의지의 고시생으로, 50일 동안 단하루도 빠짐없이 스톱워치의 '16'을 보고서 잠자리에 들었다. 계획을 모두 달성한 셈이다.

　당시 시험에 합격해야 한다는 극심한 압박감과 스트레스 때문인지 하혈이 멈추지 않았다. 한쪽 등 근육이 약간 마비된 듯 저리고 불편한 감각이 이어졌다. 결국 병원을 찾았고, 실제로 건강에 적신호가 켜져 있었다. 내가 느끼는 주관적 건강 상태는 그야말로 '매우 나쁨' 수준이었다. 시험 준비로 인해 몸과 마음이 거의 탈진 상태에 이른 것 같았다. 이런 상황에서 이번 임용 시험에 합격하지 못한다면 더는 도전하지 않으리라. 아니, 도전할 수 없으리라 생각했다. 계속 공부해야 한다면 '과연 온전히 살아갈 수 있을까?'라는 의문이 들 정도였다.

　진정 하늘의 신은 존재하는가? 나의 이 노력과 이 마음을 알았던 것인가? 극한의 상황 속에서 '기적'이 일어났다. 아직도 그 기적 같은 순간이 생생하게 떠오른다. 시험지 맨 앞장의 첫 번째 문제였던 것으로 기억된다. 거의 유일한 단답형 문항이었고, 다음 문항과 연결된 유형이었던 것 같다. 답을 적었지만, 그것이 정답이 아니라는 불길한 느낌이 분명히 들었다. 시간은 계속 흐르고 시험 종료 시각이 가까워지자, 마음은 답답하고 초조하며 불안했다.
　임용고시를 준비하면서 공부했던 교육학에는 통찰 학습 이론으로서 '아하 이론'이 있다. 학습에서 순간적으로 문제를 이해하고 해결하는 과정, 즉 통찰이 갑자기 영감처럼 떠오르기 때문에 '아하!'라는 감탄사로 표현되는 것이다. 그 순간, 바로 그 '아하 현상'이 나에게 일어난 것 같았다. 시험 종료까지 얼마 남지 않은 상황에서 마음속으로 외쳤다. '아하!' 시험 종료를 불과 십여 분 앞두고 머릿속에 명확한 정답이 떠올랐다. 나는 망설임 없이 신속하게 답안을 수정했다.

당시 임용고시는 모두 주관식, 대다수 서술형 문제로 구성되어 배점이 컸다. 따라서 한 문제라도 틀린다면 그것은 매우 치명적이었다. 오답으로 생각된 답안을 수정해서인지 이번 시험에 합격할 것 같은 가능성과 희망이 마음속에 피어올랐다. 만약 그때 끝까지 정답이 떠오르지 않아 답안을 고치지 않았다면, 오늘날 이렇게 나의 보건교사 이야기를 쓸 수 없었을 것이다. 결국 난 기적적으로 최종 합격했다.

나의 보건교사 임용 동기는 나를 포함하여 총 다섯 명이었다. 나중에 확인하니 우리 지역은 선발 인원이 적어 다른 지역보다 경쟁률이 상대적으로 높았다. 이러한 선발 조건에 불안과 두려움을 느낀 나는 상대적으로 많은 인원을 선발하는 다른 지역에도 원서를 제출했다. 열혈 맘인 어머니는 직접 대전까지 가서서 원서 접수를 해 주셨다. 하지만 최종 선택은 현실적인 여건을 고려해 나의 거주지로 결정했다. 만약 다른 지역에서 시험을 봤다면 내 인생은 지금과 또 다른 모습이었을지도 모른다.

나의 임용 시험 결과는 아쉽게도 수석도 차석도 아니었다. 솔직히 말하면, 등수에 대한 약간의 기대는 있었지만, 합격만 하면 충분하다고 생각했기에 괜찮았다. 보통 임용고시는 최종 석차를 기준으로 발령이 이루어지기 때문에 어렴풋이 내 발령지를 근거로 등수를 추측해 보았다. 1차 합격 시에는 등수를 알 수 없지만, 내 강점인 2차 면접과 논술에서 어느 정도 순위가 상승했을 것이라 생각했다. 무엇보다 첫 발령지가 도심에서 다소 떨어진 지역이었기에 분명 상위권은 아니었을 것이라고 짐작했다.

결론적으로 등수는 전혀 중요하지 않았다. 진정 중요한 것은 다시 돌아올 수 없는 이십 대의 아름다운 시절, 내가 쏟았던 최선의 노력과 열정, 그리고 하늘이 내게 허락한 기회와 행운이었다. 그때의 가슴 저릿한 기적의 순간을 여전히 내 일생일대의 소중한 추억으로 간직하고 있다.

나의
해방일지

보건교사 임용 시험에 합격하면 빨리 결혼하겠다고 다짐했다. 지나치게 보수적인 가정환경에서 빨리 벗어나고 싶었기 때문이다. 대학 시절, 나를 가장 힘들게 했던 것은 아버지가 정해 놓은 귀가 시간이었다. 한창 즐겁게 놀다가도 친구들과 헤어져 집으로 가야만 하는 아쉬움과 슬픔, 그리고 시간에 쫓기는 불안과 초조는 그 상황을 겪지 않으면 모를 것이다. 그래서 내가 생각한 탈출구는 '결혼'이었다.

임용 시험을 본격적으로 준비하면서 합격에 대한 불확실성으로 두려움이 컸다. 그래서 '결혼'이라는 또 다른 탈출구를 늘 염두에 두었다. 하지만 아버지는 예상외로 매우 완강하셨다. 결론적으로 아버지는 내가 임용 시험에 합격하기 전까지는 절대로 결혼을 허락하지 않으시겠다고 단호히 선을 그으셨다. 그 말은 나에게 청천벽력과도 같았고, 엄청난 압박 카드였으며 괴로움 그 자체였다. 다른 관점에서 보면 탈출구가 없었

헤매는 중이지만 찬란히 빛날 예정입니다

던 나의 절박함이 보건교사 임용 시험 합격을 이끈 동력이었을지도 모른다.

결과적으로 반드시 임용 시험에 합격해야만 했다. 안정적인 직업을 갖고 행복한 삶을 살기 위한 이유가 컸다. 나아가 목표로 삼았던 '자유와 해방'을 위해서 반드시 보건교사가 되어야만 했다. 공부하면서 마음을 다지기 위해서 여느 고시생처럼 특정 글귀를 책상 앞 벽에 붙여 두기도 했다. 그 문구는 '시험에 합격하면 남편감이 달라진다.'라는 것이었다. 이 문구를 도대체 어디서 봤는지 아니면 비슷하게 따라 쓴 것인지 정확히 기억나지 않는다. 하지만 그것을 선택한 당시의 심경은 확실하게 떠오른다. 나는 이왕이면 내 기준으로 '성공적인 결혼'을 하는 것이 최종 목표였고, 결혼을 통한 출가로 자유를 누리고 싶은 열망이 강했다.

지금 돌이켜 보면, 결혼을 해방으로 생각했다는 자체가 참 철이 없었던 것 같다. 이 글을 보는 누군가는 이렇게 질문할 수도 있다. "시험의 합격 여부와 상관없이 이미 성인인데 독립하여 혼자 살면 되지 않나요?" 하지만 난 타고나게 겁이 많고 외로움을 잘 느껴서 혼자선 살아갈 자신이 없었다. 누구보다 자신을 잘 알고 있었던 것 같다. 그래서 지금도 절대 혼자선 여행을 못 가고, 심지어 남편이 없이 아이들을 데리고 어디든 갈 수 없다.

비로소 간절한 바람과 각고의 노력 끝에 보건교사 임용 시험에 최종 합격했다. 얼마 뒤 중·고등학교 모든 교과의 신규 교사를 위한 전체 연수가 시작되었고, 그와 동시에 교과별 연수도 진행되었다. 보건 과목의 신규 교사들은 일정 장소로 이동하여 별도의 연수를 받았다. 이것이 나를 결혼으로 이끌 줄 누가 알았겠는가! 너무도 간절하면 진정 이루어질까?

교과별 연수에서 나와 동기들은 우리 지역 보건교사 출신의 1호 장학사님을 강사로 만났다. 학창 시절 누구나 한 번쯤은 '장학사'라는 말을 들어 봤을 것이다. 연중행사로 학교에 장학사가 온다는 예고가 있으면 학교를 말끔히 청소하거나, 대대적으로 단장하는 등 학교가 조금 분주했던 기억이 있다. 장학사에 대한 기억은 그 정도 수준이었고, 당연히 관심조차 없었다. 장학사님은 그저 경력이 많고, 학교가 아닌 교육청에서 근무하는 능력자인 보건교사 선배님 정도로만 생각했다. 그런데, 그가 내 평생의 반려자를 만나게 해 준 은인이 될 거라고 누가 상상이나 했겠는가?

참고로 나의 임용 동기는 네 명이었다. 이중 기혼자가 한 명, 남자 친구가 있는 동기가 한 명, 나머지 두 명은 미혼이었다. 그렇다면 나를 포함한 세 명 중에서 어떻게 내가 지금의 남편과 만났을까? 당시 장학사님의 말로는 남편이 키가 큰 여성을 선호한다고 하셨다. 우연의 일치로 난 세 명 중 가장 키가 컸다. 무엇보다 장학사님은 남편이 나와 잘 어울릴 것 같다며 내게 특별한 관심을 보였던 것 같다.

지금 생각해 보니, 어쩌면 장학사님이 내 열망을 눈치채셨던 게 아닌가 싶다. 아마도 장학사님의 갑작스러운 소개팅 이야기에 내 눈이 반짝였을 것이다. 난 기가 막힌 타이밍이라고 생각했다. 고시 공부만 하느라 당연히 남자 친구도 없었고, 당시 결혼에 큰 관심이 있던 터였다. 그렇게 장학사님의 소개팅을 통해 지금의 남편을 만났다. 신기했던 건 남편과의 첫 만남에서 나를 바라보던 그의 눈빛도 나만큼이나 반짝거렸다는 사실이다.

임용고시에 합격한 그해는 매우 행복했고, 이십 대 중 어느 때보다 반짝반짝 빛났던 시절이었다. 공부에 매진하는 동안 옷 한 벌도 사지 않았고, 화장도 하지 않았으며, 거의 야구모자를 눌러쓰고 운동복 차림으로 다녔다. 모든 보상은 오로지 합격해야만 가능하다고 여겨 모든 것을 절제하고 인내했다.

보건교사 최종 합격 후, 마치 한풀이라도 하듯 화장, 머리 스타일, 의상, 액세서리에 전격적으로 투자했다. 내가 누리지 못했던 이십 대를 맘껏 누리고자 최선을 다했다. 지금 생각해도 젊은 시절 아름다움을 추구한 노력은 참 잘한 일이다. 그 시절이었기에 가능했던, 공부와는 또 다른 열정의 영역이 아니었을까 싶다.

어머니는 어릴 적부터 내게 자주 이렇게 말씀하셨다.

"너를 죽어라 좋다고 따라다니는 남자와 결혼해라."

아마도 내 성격이 범상치 않다고 느끼셨기 때문일지도 모른다. 실제로 어머니는 가끔 나를 '4차원'이라고 부르셨다. 어머니의 이런 세뇌(?) 교육이 효과가 있었던 걸까? 남편은 나를 너무도 사랑했다. 그렇게 따뜻하고 사랑스러운 눈빛으로 날 바라보는 남자는 처음이었고, 다시는 없을 것 같았다. 어머니가 말씀하신 '나를 죽어라 좋다고 따라다니는 남자'에 꼭 맞는 사람이었다.

게다가 내 성격부터 여러 면모를 매우 잘 아는 사람들조차 "이 남자가 딱 너의 짝이야."라고 입을 모았다. 심지어 친구와 처음으로 갔던 타로 카페에서도 "이 사람과의 궁합이 완벽하네요."라는 얘기를 들었다. 그런 말을 듣고 나니 '정말 이 사람을 놓치면 안 되겠다.'는 생각이 들었다. 하물며 딸의 이성 친구에 대해 유독 까다롭고 엄격하셨던 내 아버지조차 남편을 한번 만나고는 마음에 든다는 신호를 주셨다.

나의 해방이 비로소 코앞에 다가왔다. 그렇게 남편과 만난 지 세 달 만에 전격적으로 상견례를 했고, 그해 가을 결혼에 골인했다. 나는 결혼식 내내 환한 미소와 웃음을 잃지 않았다. 이후 친구나 지인의 결혼식에서 눈물을 보이는 신부를 보며, 그때의 내 모습이 떠올라 여러 감정이 교차했다. 어이없는 웃음이 나기도 했고, 철없던 내가 부끄럽기도 했다.

때로는 부모님을 생각하니 죄송한 마음도 들었다.

　그렇게 나는 그 누구보다도 환하게 웃었던 시월의 신부로 많은 하객
의 기억 속에 남았다.

편해서
부럽다고요?

 보건교사 임용 첫해에 만난 '보건실'이라는 공간은 정말 감탄할 만했다. 학창 시절 보건실에 거의 간 적이 없었고, 심지어 내가 보건교사가 될 것이라고 상상도 못 했다. 처음 발령받은 학교의 보건실은 학창 시절 아주 잠깐 갔던 그곳보다는 훨씬 멋졌다. 보건실 현대화 사업, 즉 리모델링이 이루어진 곳이었다. 그래서인지 철제로 된 가구가 거의 없었고, 나무 재질의 바닥과 가구들이 아늑하고 포근한 느낌을 주었다.

 쾌적한 나만의 업무 공간에서 일하고, 아픈 학생들을 돌보며 보람을 느끼는 삶은 정말 행복하고 뿌듯했다. 더욱이 나는 이 학교 역사상 '최초의 정식 발령 보건교사'였다. 이 타이틀에 누가 되지 않게 보건교사로서 최선을 다하리라 다짐했다.

 지금 생각하면 학교의 보건교사는 대부분 한 명이기에 신규 보건교사로서 어떻게 업무를 익혔는지 잘 기억나지 않는다. 다만, 그 지역의 선배 보건교사들과 정기적으로 만나고, 임용 동기끼리 정보를 공유하며 업무를 해 나갔던 것 같다. 보건교사는 학교의 유일한 의료인이기 때문에 사실상 다른 교사들의 도움을 받기 어려운 일이 많았다. 하지만 당시에도 보건교사 전용 커뮤니티와 정보통신망을 통해 교사 간 소통이 가능해 업무에 많은 도움이 되었다.

개인적인 차이는 있겠지만, 보건교사로 근무하면서 공문서 작성이나 행정적인 업무에 큰 어려움을 느끼지 않았다. 글짓기나 요약 등을 선호하는 내 적성에 잘 맞았던 것 같다. 그리고 보건실에 오는 학생들의 응급처치와 건강관리 업무는 의료인만이 할 수 있는 전문성의 영역이어서 보람과 자부심을 느꼈다.

첫 근무 학교는 인문계 남자 고등학교였고, 학생들이 축구, 농구 등 스포츠 활동을 많이 해서 타박상, 염좌, 골절 등 근골격계 처치가 가장 많았다. 그때, 보건실 안팎으로 스프레이 파스 냄새가 진동하던 기억이 난다. 가끔 보건실을 오가던 선생님들도 손사래를 칠 정도였다. 그 특유의 파스 냄새도 이제는 추억의 한 장면이 되었다.

신규 보건교사인 나를 가장 힘들게 한 것은 업무 자체가 아니었다. 바로 '보건교사에 대한 인식'이었다. 이와 관련된 경험은 동료 교사로부터 시작되었다. 우리 학교는 지역에서 명문으로 꼽히는 인문계 고등학교였다.

어느 날, 점심시간이 되어 친한 선생님들과 학교 식당에서 배식을 받으려고 줄을 섰다. 그때, 뒤에 서 있던 어느 선생님이 웃으며 이렇게 말했다.

"안녕하세요. 보건 선생님은 수업도 없고 보건실에 있어서 편하시겠어요? 부럽다."

한 번도 들어 본 적 없던 말에 나는 당황했다. 갑자기 머리가 빠르게 회전하듯 어지럽고 복잡했다. 이 말의 의미는 무엇일까? 과연 단순한 부러움일까 아니면 본인과의 차별성일까? 비아냥거림일까? 순간 헷갈렸다. 한편, 내가 왜 이런 말을 들어야 하는지 의아했다. 기분이 좋지 않았지만, 그때는 신규 보건교사로서 학교생활이 아직 익숙지 않았기에 어떤 대답도 하지 못하고, 그냥 웃으며 흘려보냈다.

그 무렵 학교 관리자에게도 충격적인 말을 들었다.

"사실, 보건교사가 무슨 교사야? 보건교사는 수업도 없고 보건실에서만 일하는데, 그냥 행정직으로 뽑는 게 맞지 않나?"

이 말을 하던 중, 신규 발령 동기였던 사서나 상담 교사에 대해서도 부적절한 발언을 했던 기억이 난다. 이런 일들을 겪으면서 비교과 교사의 전문성이 학교 현장에서 인정받지 못하고, 소위 비주류 교사로서 향후 어려움을 겪을 수 있겠다는 생각이 들었다. 이후 '보건교사가 무슨 교사야?'라는 말은 보건교사나 비교과 교사와 관련된 기사나 논쟁에서 종종 등장했고, 그때마다 마음이 아팠다.

시간이 지나면서 보건교사에 대한 여러 가지 생각이 커져 갔고, 그때 그 교사의 말이 점점 신경 쓰이기 시작했다. 무심코 던진 말 한마디가 내게 깊은 상처가 된 것 같았다. 표면적으로는 단순한 부러움으로 여겨졌지만, 그것이 보건교사에 대한 비하 발언이었다는 생각을 지울 수 없었다. 이 시점부터 나는 '보건교사의 정체성'에 대해 진지하게 고민하기 시작했고, 그 과정에서 많은 고통을 겪었다.

난 분명히 그 어려운 임용 시험에 합격해 교사로서 학교에 왔다. 그런데 안타깝게도 보건교사로서 점점 작아져만 갔다. '보건' 과목의 교사로서 단순히 다른 교사와 전공과 과목, 업무가 다르다고만 생각했다. 그저 다양성의 차원에서 이해했을 뿐이었다. 그러나 전혀 생각지 못했던 기준에 의해 교사가 분류된다는 사실을 처음으로 알게 되었다. 나는 교과와 수업이 없는 '비교과 교사'였던 것이다.

그때부터 막연하게 '보건교사도 수업을 해야 교사로서의 정체성 확립에 도움이 되고, 나 역시 수업을 하고 싶다.'라고 생각했다. 신규 교사로서 첫 발령지에서 경험한 보건교사와 비교과 교사에 대한 학교 현장의 인식과 분위기는 그 해로 끝나지 않았다.

최근 보건 수업은 시대적 흐름과 사회적 변화에 따라 그 중요성이 점차 확대되고 있다. 보건 선택교과가 개설되어 있고, 우수한 교과서도 마련되어 있으므로 보건교사도 수업을 해야 하는 것이 필수적이라고 생각한다. 이러한 생각을 바탕으로 교육청 주관 건강 관련 공모전에 참여해 '보건 수업의 중요성'을 알리고 수상을 하기도 했다.

하지만 보건교사의 수업이 필수라면 반드시 해결해야 할 문제가 있다. 첫째, 비교과 교사가 교과 수업을 하는 구조적 모순을 해결해야 한다. 최근 보건교사의 교과 교사(정교사) 자격 전환에 대한 논의가 뜨겁다. 보건교사뿐만 아니라 교육부도 사회적 합의와 정책적 논의를 거쳐 이제 반드시 답을 찾아야 한다. 둘째, 수업으로 인해 보건실이 비는 상황에 대한 대책을 교육부 차원에서 명확히 제시해야 한다. 보건교사의 수업을 의무화하면서 보건실 부재로 발생하는 모든 문제를 보건교사의 책임으로 전가해서는 안 된다. 이제는 국가가 이 모든 문제에 대해 명확한 답을 제시하기를 바란다.

만감이 교차한
첫 수업

첫 발령지와 집은 물리적으로 너무 멀었다. 매일 아침 일찍 셔틀버스를 타야 했고, 퇴근 시간이 되면 학교 앞 버스정류장으로 나가 버스를 기다려야만 했다. 결혼 등 삶의 변화로 인해 나는 학교를 옮기게 되었다.

두 번째 발령지는 도심의 한 중학교였다. 신규 보건교사의 티를 벗고, 새로운 마음과 각오로 잘해 보자고 스스로 다짐했다. 첫 발령지에서 받았던 마음의 상처를 애써 부여잡으며, 잘 해낼 거라고 스스로 응원하며 새로운 학교로 향했다.

새 학교가 안겨 준 작은 설렘 중 하나는 바로 수업이었다. 보건 선생님에게 받은 인계 중 '수업'이 있었다. 창의적 체험 활동 시간에 학생들에게 이미 배부된 보건 교과서를 활용하여 수업을 진행하면 된다고 했다.

보건교사는 하루 중 많은 시간을 보건실에서 보낸다. 그런 이유로 업무 중 새로운 장소인 교실에 가는 자체가 새롭고 떨렸다. 게다가 교실에서 많은 학생들의 반짝이는 눈을 마주하는 것만으로도 가슴이 뛰었다. 하지만 '한 번도 수업해 본 적 없는 내가 과연 잘 해낼 수 있을까?'라는 걱정도 들었다. 정규 교과 수업은 아니지만, 주어진 수업에 최선을 다했다. 보건 교과서와 관련 유인물을 활용해 학생들이 즐겁게 수업에 참여하도록 노력했다.

무엇보다 꼭 해 보고 싶었던 것을 했다. 여느 교과 선생님처럼 출석부의 과목과 교사 난에 보건의 '보', 김주희의 '김'이라고 자랑스럽게 적었다. 그러나 이 실수를 알게 된 것은 꽤 시간이 지난 후였다. 어느 날, 한 담임 선생님이 복도에서 나를 불렀다. 그 선생님은 출석부를 꺼내 들고는 그동안 내가 계속 잘못 적어왔다고 말했다. 무슨 소리일까? 처음에는 영문을 몰랐다. 자초지종을 듣고 나서야 이해했고 꽤 부끄러웠다.

나는 그저 보건 교과서로 하는 수업에 몰두하며 기뻐했지만, 착각에 빠져 기본적인 사실을 잊어버리고 말았다. 내가 하는 수업은 보건 교과 수업이 아니라 창의적 체험 활동을 통해 이루어진 수업이었다. 따라서 과목 난에 보건의 '보'로 적는 것은 원칙에 맞지 않았다. 나는 즉시 실수를 인정하고 출석부를 수정했다.

그날 이후, 시간이 갈수록 마음속 허전함이 커졌다. 이렇게 우수한 보건 교과서가 있는데, 왜 창의적 체험 활동 시간을 통해서만 보건 수업을 해야 하는 걸까? 부정적인 생각 탓일 수도 있지만, 수업이 단순히 시간 채우기식으로 진행되는 듯한 느낌을 떨칠 수 없었다. 실제로 학생들은 교과 수업과 달리 점차 보건 교과서를 잘 챙기지 않았다. 시험이나 별도의 평가가 없어서인지 수업에 깊이 몰두하지 않는 분위기였다. 물론 내 수업 능력 부족도 원인 중 하나였다. 점차 수업 초기의 열정과 의지가 식어 가는 기분이었다. 아무도 관심을 두지 않는 보건 수업에 내가 너무 집착한 것은 아닌지 허무해지기 시작했다.

학생들의 실생활과 매우 밀접한 '보건'이라는 중요한 과목이 교과로 자리 잡지 못하는 현실이 안타까웠다. 보건 교과는 세계보건기구(WHO)가 제시한 신체 · 정신 · 사회 · 영적 건강에 대한 중요한 내용을 다룬다. 청소년기의 생활 습관이 성인기로 이어진다는 점에서 보건교육은 시기적절하고 체계적으로 이루어져야 한다. 하지만 입시 위주의 과목에 가려져 주목받지 못하는 현실이 개탄스러웠다. 보건 수업이 창의적 체험 활동의 시수를 채우는 수준으로 취급된다는 생각에, 보건실에 상주해야 하는 보건교사를 왜 굳이 동원하는지 억울함을 느꼈다. 심지어 많은 선생님들이 보건 교과서를 만드는 데 들인 노력과 정성이 아까웠다.

결론적으로 한 사람의 열정과 노력만으로는 보건교사에 대한 인식을 바꾸는 데 한계가 있음을 깨달았다. 자포자기한 마음이 들기도 했다. 그 과정에서 나는 보건교사를 위해 가장 중요한 것이 '시스템'임을 깨달았다. 단지 개인의 열정과 의지만으로는 한계가 있기 때문에, 체계적이고 지속 가능한 변화가 필요하다는 것을 이해했다. 시스템이 제대로 갖춰져야 보건교사의 역할과 중요성이 제대로 평가받을 수 있고, 그에 따라 학생들에게 더 나은 보건교육을 제공할 수 있을 것이다. 그렇다면 이러한 시스템을 마련하기 위해 나는 보건교사로서 어떤 역할을 할 수 있을지, 무엇을 해야 할지에 대해 고민하기 시작했다.

진짜 수업이
열어 준 세상

나는 결혼 후, 어느덧 세 아이의 엄마가 되었다. 보건교사로 임용된 첫해에는 마음의 상처와 직업적 정체성에 대한 고민으로 슬럼프에 빠지기도 했다. 그때 첫째 아이를 임신하여 육아휴직을 했고, 이후 휴직과 복직을 거듭하는 동안 둘째와 셋째 아이를 낳으면서 학교와 자연스레 멀어진 듯했다.

하지만 세 아이의 엄마로 살아가다 보니, 내 이름 '김주희'로서 살아가고 싶은 마음이 조금씩 싹트기 시작했다. 그래서 자연스럽게 복직에 대한 고민이 생겼다. 다행히 친정어머니가 가까이 계셨고, 복직에 대해 적극적인 찬성의 뜻을 보이셨다. 그렇게 친정어머니의 육아 지원을 받아 복직을 결심했다. 지금 되돌아보면, 내 인생만을 기준으로 친정어머니의 일상과 삶을 간과했던 내 이기적임에 죄송한 마음이 든다. 오랜 세월 동안 헌신해 주신 어머니께 깊이 감사드린다.

육아휴직을 마친 후, 꽤 시간이 흘렀기에 학교로 돌아가는 설렘과 함께 여러 가지 걱정도 들었다. '업무 변화도 있을 텐데, 과연 전처럼 잘할 수 있을까?', '이전의 아픔을 극복하고 열정적인 보건교사로 다시 일할 수 있을까?', '그렇다면 보건교사로서 어떤 가치와 방식으로 일을 해 나가야 할까?' 많은 생각이 머릿속을 스쳤다.

마침 집 근처의 새로운 학교로 발령받았고, 보건 선생님으로부터 업무 인계를 위한 전화를 받았다. 그런데 그 전화 속에서 예상치 못한 소식이 있었다. 바로 주당 12시간의 보건 선택교과 수업이었다. 수업하고 싶은 마음은 굴뚝 같았지만, 주당 12시간이라니! 내가 발령받은 학교의 규모가 워낙 커서 중학교 2학년만 해도 12개 반이나 있었다.

또 다른 문제는 보건실 운영이었다. 교실에서 보건 수업을 하는 동안 학생들이 보건실에 올까 봐 걱정이 되었다. 이런 이유로 보건교사들은 수업하러 갈 때마다 보건실 문 앞에 수업이 진행될 교실을 공지하곤 했다. 일부 초등학교에서는 보건교사가 아닌 담임이나 다른 교사가 보건 수업 동안 보건실을 지키기도 했다. 또 어떤 학교는 보건실 바로 옆에 보건교육실을 만들어 그곳에서 수업을 진행하기도 했다.

보건 수업이 활성화되면서 교육청은 특정한 기준을 설정했다. 예를 들어, 전교생 수가 천 명 이상인 학교의 보건교사가 보건 수업을 하는 경우, 단시간 근무하는 간호사 출신 강사를 채용하도록 지원했다. 내 기억으로는 1학기 중간쯤 강사를 채용했고, 2학기에는 초반부터 강사를 채용하여 응급처치에 도움을 받았다. 그때 만난 강사들은 모두 "보건교사가 이렇게 바쁜 줄은 몰랐네요."라고 말하며 놀라움을 감추지 못했다. 당시 두 명의 강사님과 보건교사의 고충과 일상에 대해 나누었던 기억이 떠오른다.

최근에는 법령이 개정되어 36학급 이상의 학교에는 보건교사 2인을 배치하게 되었다. 이는 보건교사만의 특수한 현실을 고려할 때 매우 바람직한 변화라고 생각한다. 최근 보건교사 2인 근무 체계와 관련한 연구가 일부 진행되었고, 나 또한 박사학위 논문에서 이 내용을 다뤘다. 앞으로도 관련 연구를 계속 이어 가고 싶다.

그때의 일이 아직도 기억난다. 수업 시작종이 울린 후에도 보건실을 거쳐 내가 수업하는 교실까지 찾아오는 학생들이 부지기수였다. 그래서 나는 종종 수업 중에도 보건실로 가서 응급처치를 한 뒤, 다시 교실로 돌아오는 일이 있었다.

이러한 어려움 속에서 교사로서 간과하면 안 되는 중요한 점을 자연스럽게 깨닫게 되었다. 바로 수업 중 교사가 교실을 비우는 것은 학생의 수업권과 교사의 의무를 위배할 수 있다는 점이다. 게다가 교실에 수업 교사가 없을 때 불미스러운 일이 발생한다면, 그것은 매우 위험하고 심각한 사안으로 이어질 수 있다. 이는 교사 개인의 문제가 아닌 학교의 책임이 될 수 있다는 점을 무겁게 인식해야 한다.

게다가 보건교사는 단독으로 일하기 때문에 보건 업무뿐만 아니라, 교육청 예산이 책정된 다양한 사업까지 행정 업무가 많았다. 보건교사가 된 이후로 나는 가장 바쁜 나날을 보냈다. 수업이 끝나고 보건실에 가면 응급처치를 기다리는 학생들이 애타게 나를 기다리고 있었다. 화장실을 갈 시간조차 없을 정도로 정신없고 바빴다. 첫 발령 학교에서 들었던 "보건 선생님은 편하시겠어요?"라는 말을 떠올리면, 분노가 치밀 정도로 하루가 어떻게 지나가는 줄 몰랐다.

나중에 알게 된 사실이지만, 당시 우리 지역 보건교사 중 '주당 수업시수'만 보면 내가 가장 많았다. 그럼에도 불구하고 이 수업이 나에게 새로운 세상을 열어 준 계기가 된 것도 분명하다.

오랜 시간 휴직을 하고 복직한 후, 걱정도 많았고 바쁘게 보냈지만 그만큼 보람도 컸다. 무엇보다 처음으로 교과 수업을 하면서 교실에서 많은 학생들의 반짝이는 눈을 보는 것이 좋았다. 학생들의 실생활과 삶에 매우 유용한 보건 교과서를 통해 알차고 전문적인 내용을 체계적으로 가르칠 수 있어 행복했다. 학생들의 큰 관심사인 키 성장, 성(性) 건강, 흡연 예방, 약물 오남용 예방, 응급처치 등은 교사가 열정적으로 효과적인 수업을 하면 학생들이 충분히 귀 기울여 듣고, 생활 속에서 실천할 수 있다고 믿었다.

게다가 창의적 체험 활동이 아닌 선택교과로서의 보건 수업이기에,

이전의 아픔을 치유하듯이 보건의 '보', 김주희의 '김'을 출석부에 당당히 쓸 수 있었다. 어느 교사가 보면 저토록 사소한 일에 기쁠까 싶겠지만, 나는 출석부에 '보', '김'을 당당히 쓰는 현실 자체만으로도 새로운 시대의 변화가 느껴졌고, 그 자체로 뿌듯하고 기뻤다. 심지어 통쾌한 기분이 들기도 했다.

보건 선택교과는 시험 등 별도 평가 없이 Pass 또는 Fail로 이수하는 수업이었다. 하지만 나는 학생들의 흥미와 집중도를 높이기 위해 손 씻기와 심폐소생술 관련 수행평가를 도입했다. 학생들에게는 미안하지만, 실제 수행평가처럼 학생 명렬표에 A, B, C로 평가했다. 물론 그 점수는 공식적으로 사용되지 않았다. 내 기발한 아이디어 덕분일까? 의외로 진지하게 평가에 임하는 학생들이 많았다.

요즘 뉴스에서도 가끔 나오지만, 당시에도 심폐소생술을 배운 중학생이 골든타임을 지켜 부모님을 살려 냈다는 감동적인 사례가 종종 보도되었다. 이러한 내용의 기사를 보여 주어 학생들의 관심과 동기를 유발했다. 최근 간호학과 학생들이 콘퍼런스에서 '의료인의 손 씻기 수행률 향상' 보고서를 발표했다. 잠시지만 중학생들과 함께했던 추억의 '손 씻기 수행평가'가 떠올랐다. 아마 내가 가르쳤던 제자 중 훗날 의료인이 된다면 보건 시간의 수행평가를 한 번쯤 떠올리지 않을까 싶다.

그리고 학부모 공개수업을 진행했다. 당연히 부담스러웠지만 어떤 경험일지 궁금했다. 다른 교과 교사와 마찬가지로 열심히 준비했다. 이번 기회에 학부모님에게 학생의 삶과 밀접한 보건 수업의 우수성을 알리고, 이것이 얼마나 체계적이고 흥미롭게 이루어지는지 보여 주고 싶었다.

나는 '흡연 예방'을 주제로 수업했다. 학생들이 함께 참여할 수 있는 교구를 준비해 수업에 활용했다. 담배의 유해 성분들에 대해 교구를 활용하여 퀴즈로 풀어 보았다. 정답을 맞힌 학생에게 보상으로 작은 초콜릿 등 간식을 주었고, 학생들은 열광했다. 적절한 보상은 학생들의 열정과 의욕을 불태우는 데 큰 도움이 되었다. 물론 학부모님의 평가는 긍정적이었다. 역사적인 나의 첫 공개수업은 떨리고 힘들었지만, 정말 값진 경험이었다.

보건 교과 수업은 내가 보건교사로 임용된 이후, 십여 년 만에 이루어진 일이었다. 「학교보건법」 제15조 제2항에 따르면, 모든 학교에는 보건교육과 학생들의 건강관리를 담당하는 보건교사를 두어야 한다. 나는 누구보다도 보건교사로서 이 두 가지 업무를 전문적으로 잘 해내고 싶었다. 교사로서 인정받고 싶었고, 학생들에게 진정한 배움을 주는 선생님으로 기억되고 싶었다.

나다움을 찾아
내디딘 한 걸음

두 번째 발령 학교에서 있었던 일이다. 신규 보건교사 시절을 지나면서 보건교사의 업무를 제대로 파악하는 안목이 서서히 생겨났다. 그러면서 '과연 특정 업무가 보건교사의 업무로 적절할까?'라는 의문이 들기 시작했다.

그 무렵 동기나 주변 보건교사로부터 업무 분장을 둘러싼 갈등이 많다는 이야기를 자주 들었다. 내 동기는 업무 분장 때문에 심하게 스트레스를 받아 급성염증으로 병원 치료를 받기도 했다. 어느 선생님은 행정실장이나 학교 관리자와 아예 냉전 상태라고 했다. 이런 이야기가 여기저기서 들려왔다. 사실 이런 문제는 신규 보건교사 시절에도 이미 존재했지만, 그때는 관심 없이 그냥 흘려보냈고, 무엇보다 감당할 수 없다고 생각하여 회피했던 것 같다.

그러나 보건교사의 업무에 관한 관심과 인식이 생기면서 더는 가만히 있을 수 없었다. 그냥 두고 보는 것은 보건교사의 일원으로서 기본적인 도리가 아니라고 여겼다. '투쟁'이라는 표현이 적절할지 모르겠으나, 필요하다면 학교 관리자와 맞서서라도 보건교사의 전문성과 법령에 맞는 합당한 업무를 해야 한다고 생각했다. 보건교사가 부당한 업무를 맡게 된다면, 어떻게 해야 할까? 이를 바로잡기 위해서 가장 먼저 학교 관리자에게 업무 조정을 건의해야 한다.

하지만 누구나 나처럼 생각하는 것은 아니었다. 때로는 고경력의 보건교사라 할지라도 주어진 업무가 부당한지 고민하거나 판단하지 않고, 그저 수행하기도 했다. 사실상 업무의 부당성에 대한 견해는 주관적이고 다양할 수밖에 없다. 일부 보건 선생님은 가장 많은 업무 갈등을 유발하는 환경 업무의 난도가 낮은 편이라며, 이를 수행하지 않으면 보건교사가 열심히 일하지 않는다는 부정적 이미지를 줄 수 있다는 이유로 수행했다.

각자의 생각과 대처 방식이 다를 수 있기에 정답은 없다고 생각했다. 이러한 이유로 나 역시 어떤 행동을 취하는 게 옳을지 고민했다. 그래서 동기 선생님과 자주 이러한 고민을 이야기했다. 그렇게라도 해야 숨통이 트일 것 같았다.

나는 단순한 개인의 주관적 생각을 넘어서, 여러 선생님들의 의견을 들고, 객관적인 시각에서 나름대로 분석했다. 일반 교사와 보건교사는 업무 분장 면에서 분명히 다른 상황과 조건이 있었다. 일반 교사는 매 학기 자신이 소속되는 부서나 담당 업무가 바뀔 수 있지만, 보건교사는 부서와 관계없이 한 학교에서 근무하는 동안 업무가 고정되는 경우가 많았다. 그래서 보건교사가 한 학교에서 만기를 채워 근무하려면 업무에 대한 건의와 개선 노력이 어느 정도 필요하다는 결론에 도달했다.

특히 보건교사는 대부분의 업무를 독자적으로 수행하기 때문에, 부서의 부장교사조차 보건교사의 업무를 정확히 파악하기 어려웠다. 이러한 이유로 때로는 부장교사에게 업무 조정을 건의하지만 대체로 보건교사가 직접 학교 관리자나 행정실장과 대면했다.

나 역시 마찬가지였다. 성격이 급한 나는 부장교사를 통해 건의하여 학교 관리자에게 이어지는 간접적 경로의 의사소통이 원활하게 이루어질지 의문이 들었고, 다소 답답함을 느꼈다. 그래서 업무를 가장 잘 아는 보건교사가 학교 관리자와 직접 논의하는 게 가장 효율적이라고 여겼다.

솔직히 말해서, 신규 보건교사 시절에는 업무에 대한 분별 능력도 부족했고, 수업도 전혀 없었으며 보건실에 방문하는 학생 수도 많지 않았다. 그저 주어진 업무를 배우고 잘 해내는 과정에 지나지 않았다. 하지만 시간이 지나면서 업무를 바라보는 시야가 넓어졌고, 내 안에서 변화의 목소리가 조금씩 들리기 시작했다.

돌이켜 보면, 나는 학창 시절부터 부당한 상황을 묵묵히 참아 내는 성향은 아니었다. 고등학교 3학년 때 교무실에서 담임 선생님에게 불합리한 점을 조목조목 짚어 말했던 기억이 난다. 그때 담임 선생님은 그 태도에 당황하시며 목소리를 크게 높이셨다. 그 일이 너무 강렬하게 기억에 남아, 그때의 경험을 계기로 다시 한번 내가 어떤 사람인지 깊이 생각하게 되었다.

결론적으로 사람은 쉽게 변하지 않는 것 같다. 부당한 업무라고 생각하자, 그냥 넘어갈 수 없었다. 아마 다시 그 시절로 돌아가도 나는 똑같이 생각하고 행동했을 것이다. '먹는 물 관리'라는 명목으로 학교에 설치된 정수기를 모두 보건교사가 관리하는 것이었다. 정수기의 정기적인 소독과 시설 관련 전반적인 행정 업무가 부당하다고 생각했다. 심지어 정수기를 비롯한 그 주변의 환경과 청소 상태까지 도우미 학생들과 점검하고 관리해야만 했다. 기억하긴 싫지만, 심지어 화장실 휴지와 비누 관리까지 보건교사 업무라고 주장한 관리자도 있었다.

간호학을 전공한 보건교사와 정수기의 관계가 도무지 이해되지 않았다. 요즘 간호학과 학생들을 만나면 가끔 보건교사 시절의 경험을 이야기하며, 그들의 의견을 묻곤 한다. 간호학 전공 학생의 관점에서 이러한 상황을 들으면 어떤 반응을 보일지 매우 궁금했기 때문이다.

여전히 나는 정수기 관리와 같은 환경 업무를 보건교사 업무로 인정할 수 없다는 견해를 고수하고 있다. 간호학 박사과정에 들어간 이후, 내 소논문과 학위논문에 보건교사의 역할에 관한 내용을 모두 담았다. 지도교수님은 가끔 농담처럼 "김주희 선생님은 하고 싶은 말이 너무 많은 것 같아요." 또는 "글의 어조가 너무 강렬한 것 같아요."라고 말씀하셨다. 나는 그런 평가가 적절하다고 생각한다. 그것은 전직 보건교사로서 해야만 했던 일이었고, 내가 할 수 있는 최선이었다.

나는 A 교장 선생님과 독대하기로 결심했다. 다행히 A 교장 선생님은 내 의견을 잘 들어 주셨고, F 행정실장님과 논의를 위한 자리를 마련해 주셨다. 그런데 문제는 예상과 달리 A 교장 선생님, F 행정실장님, 나 이렇게 셋이 마주 앉은 교장실의 분위기는 매우 냉랭했다. F 행정실장님도 자신의 논리와 주장을 굽히지 않았고, 나 역시 쉽게 물러서지 않았다.

결국 A 교장 선생님은 논의가 어렵다고 판단하시고 중단을 선언하셨다. 그 후, A 교장 선생님은 나를 따로 교장실로 불러 "업무를 조정해 주지 못하여 미안합니다."라고 말씀하셨다. 비록 속상한 마음은 있었지만, A 교장 선생님께 "아쉽지만 애써 주셔서 감사합니다."라고 전했다. 업무 분장을 위한 첫 번째 시도는 이렇게 끝났다.

내가 이 일을 크게 기억하는 이유는 사실상 처음으로 학교의 구성원이자 동료인 행정실장님과 충돌했기 때문이다. 지금까지 단 한 번도 학교에서 누군가에게 목소리를 높인 적이 없었기에 너무 떨리고 두려웠다. 교장실에서의 논의 이후, F 행정실장님은 직접 나에게 불편한 감정을 표현했다. 그의 주장은 충분히 그와 먼저 논의할 수 있었던 일인데 그 과정을 생략하고, 내가 곧바로 A 교장 선생님께 의견을 전달했다는 것이다.

나중에 곰곰이 생각하니 F 행정실장님의 입장에서는 그렇게 느낄 수 있었을 것 같았다. 솔직히 말하면, 당시 난 행정실로 갈 생각조차 하지 못했을 뿐만 아니라, 그렇게 할 용기도 없었다. 행정실에는 기본적으로 두 명 이상이 근무하는 곳이었기에 혼자인 내가 그곳을 찾는다는 것 자체만으로도 기가 죽는 것 같았다. 일단 목소리를 높이는 F 행정실장님에게 밀릴 수 없다고 생각해서, 조금 강하게 보이고 싶은 마음에 내 의견을 단호하게 말했다.

"저는 교사이고, 교사의 수장이 학교의 교장인데, 제가 교장 선생님께 의견을 말하는 것이 뭐가 문제입니까?"

화가 난 F 행정실장님은 행정실로 돌아갔고, 대화는 중단되었다. 누군가는 이 상황에서 나를 '업무 중심의 상당히 냉철한 사람'이라고 평가할 수도 있을 것이다. 하지만 나는 그날 이후, 마음이 몹시 불편했다. 감성이 충만하고 주변 시선을 의식하는 편이라 생각이 너무도 많기에, '불편한 관계'를 견디는 일이 쉽지 않았다.

시간이 흘러 어느 날, F 행정실장님이 다른 학교로 옮긴다는 소식을 메신저로 접했다. 갈등 이후 그와 제대로 대화를 나눈 적은 없었지만, 마지막 인사만큼은 꼭 전하고 싶었다. 실제로 업무적인 갈등이 있었을 뿐, 개인적으로 F 행정실장님을 미워한 적은 없었다. 용기를 내어 메시지를 보냈고, 예상보다 빨리 F 행정실장님에게 답장이 왔다.

당시 나는 육아휴직 중 갑작스럽게 발견된 갑상샘암을 수술하고 복직한 상태였다. 메시지의 내용이 정확히 기억나지는 않지만, F 행정실장님은 "건강상 큰 어려움을 겪고도 이렇게 예쁜 사람은 처음이에요. 그동안 감사했고, 건강하게 잘 지내시길 바랍니다."라는 말을 남겼다. 그 한마디로 그간 불편했던 감정과 묵은 갈등이 한 번에 씻겨 나가는 듯했다.

이 일련의 과정을 통해 많은 것을 깨달았다. 비록 업무 분장을 성공적으로 바꾸지는 못했지만, 처음으로 학교 관리자에게 보건교사의 부당한 업무를 말했고, 개선을 위한 한 걸음을 내디뎠다. 그 자체로 충분히 잘했다고 스스로 다독였다.

솔직히 처음부터 모든 걸 바꿀 수 있으리라 기대한 것은 아니었다. 다만 스스로에게 떳떳하고, 적어도 내 신념과 행동이 모순되지 않도록 용기를 냈다. 어쩌면 이 일을 통해 '과연 나는 소신을 지키기 위해 용기 있는 행동을 할 수 있는 사람인가?'를 스스로 시험해 본 것인지도 모른다.

이렇게 보건교사 김주희로서 한 걸음을 내디뎠다. 이 경험을 통해 '나다움'이 무엇인지, 그렇다면 보건교사로서 나다움을 가지고 어떻게 살아갈 것인지 스스로에게 묻기 시작했다.

앞으로도 어떤 가치와 신념으로 살아가야 하는지 끊임없이 성찰해야 할 것이다. 이것이야말로 내가 나약하지 않고 비열하지 않은 사람으로 거듭나게 해 줄 것이라 믿는다.

> "만약에 아기가 잘못되고, 산모도 잘못돼서 교수님 원망하면 어떡해요?
> 그거 안 무서우세요?"
> "무서워. 나도 무서운데, 지금 그거까지 생각하면 한 걸음도 못 나가.
> 지금 상황에서 할 수 있는 최선, 그것만 생각해."
>
> - tvN의 <슬기로운 의사생활 시즌 2> 中

진심의 편지가
통通하다

세 번째 발령 학교에서의 일이다. 기본적으로 학생 수가 1,200명 가까운 대규모 중학교였다. 끊임없이 이어지는 보건실 응급처치, 다양한 종류의 공문 처리, 주당 12시간의 보건 교과 수업! 나는 이 거대한 학교의 보건교사로 일하고 있었다. 힘들었지만 불평하지 않고 최선을 다했다. 다양한 업무를 성공적으로 수행했다고 생각했다.

그중에서도 가장 보람 있었던 순간은 내가 총괄한 사업에서 우리 학교 학생의 미술작품이 해당 부문에서 1등을 차지한 일이었다. 학생이 꿈을 향해 한 걸음 내딛는 데 내가 작게나마 일조했다는 사실이 너무 뿌듯하고 기뻤다.

내가 이토록 열심히 일한 이유는 바로 '업무 분장' 때문이었다. 이 학교에 발령받은 후, 보건교사의 업무를 살펴보니 일부 부당하다고 생각되는 업무가 있었다. 보건교사는 교사이자 의료인으로서 전문성을 살려 일해야 한다는 원칙과 내 신념, 소신은 같았다. 그럼에도 불구하고 두 가지 상반된 마음이 딜레마처럼 공존했다.

하나, '공문 하나 더 작성하는 게 그렇게 어려운 일도 아니잖아? 그냥 하는 게 어때? 괜한 갈등 만들어 스스로 힘들게 하지 말자.'

둘, '보건교사로서 부당한 일은 힘들더라도 하지 않는 게 맞아. 지금 당장 마음 편해지자는 생각으로 일한다면 그런 일들은 반복될 거야! 스스로 떳떳하지 못한 일은 하지 말자.'

그런 와중에 업무 문제로 예기치 않게 G 행정실장님과 전화로 갈등을 겪었다. 이전 경험을 바탕으로 이번에는 행정실에 직접 전화해서 내 의견을 말했다. 사실 '얕보이면 안 된다.'라고 생각해서 초반부터 강공 작전으로 나갔다. 본래 강한 성격인 사람처럼 다소 세고 공격적인 말투로 말했다. 그로 인해 G 행정실장님은 내 태도에 기분이 상했던 것 같다. G 행정실장님은 보건교사가 이렇게 직접 전화해 업무에 관한 의견을 단도직입적으로 이야기하는 게 위계질서에 맞지 않으며 기분이 좋지 않다는 반응을 보였다.

나는 '학교는 위계가 없는 수평적인 관계를 맺는 조직'이라고 생각했다. 물론 교육학에서 배운 내용이었다. 그래서 행정실장님, 교감 선생님, 교장 선생님에게 내 의견을 자유롭게 이야기하고 논의할 수 있다고 생각했다. 하지만 당시 강해 보이려는 내 말투는 오해를 살 만했다. 그렇다고 하여 행정실장과 보건교사가 위계를 따져서 의견을 말하지 못할 사이는 아니라고 생각한다.

하지만 실제 학교 조직은 책에서 배운 것과는 달랐다. 학교 조직 문화에 관심을 가지고 연구를 진행한 결과, 보건교사가 인지한 학교 조직 문화는 '위계 문화'가 가장 높았다. 선행 연구에서도 다른 공공조직 역시 '위계 문화'가 가장 높게 나타났으며, '혁신 문화'는 가장 낮거나 상대적으로 낮은 수준이었다.

돌이켜 보면, 너무 강한 어조와 직설적인 화법으로 G 행정실장님을 대했던 것은 내 부족함과 서투름에서 비롯되었다. 좀 더 유연하고 부드러운 방식으로 상대방을 대했어야 했는데 쉽지 않았다. 학교의 보건교사는 유일했고, 내 경험상 누구도 내 편이 되어 줄 수 없다고 생각했다. 만만한 인상을 주지 않으려면 초반부터 강하게 보여야 한다고 생각했다.

하지만 나를 오래 보고 잘 아는 사람들은 내가 얼마나 마음이 여리고, 트리플 A형의 소심함을 가졌는지 잘 안다. 나는 업무 갈등이 생기면 밤잠을 설치고 악몽을 꿀 정도로 마음이 여렸고, 몹시 힘들어했다. G 행정실장님과의 갈등 이후, 악몽과 함께 숨이 잘 쉬어지지 않아서 한밤중에 깬 적이 있었다. 솔직히 말하자면, 이러다가 공황장애가 생기는 게 아닐까 두려웠다.

이렇게 나약한 존재인 내가 업무 분장을 위해 나설 때는 많은 용기와 투지가 필요했다. 하지만 그것만으로 업무 분장을 성공시킬 수 없다는 것을 이미 깨달았다. 그래서 이번에는 반드시 성공하고 싶었다. 이를 위해 아무도 알아주지 않더라도 정말 열심히 일했고, 그 성실함이 전제되어야만 신뢰를 얻어 내 주장이 통할 것이라고 믿었다.

무엇보다 이전의 실패 사례를 분석한 결과, '소통 방식'의 변화가 필요했다. 이전에는 A 교장 선생님과 대면하여 의견을 전달했지만, 효과를 거두지 못했다. 고민 끝에 업무 분장이 잘 이루어진 인근 학교의 보건 선생님과 상담했다. 그 과정에서 '말이 아닌 글로 호소하는 편지 방식'이 더 효과적일 수 있다는 것을 깨달았다.

학기 말이 가까워지자, 나는 업무 조정에 대해 두 장 분량의 편지를 성심껏 작성했다. 완성된 내용을 읽고 또 읽으며 내가 표현할 수 있는 가장 진솔한 표현을 담고자 고치고 또 고쳤다. 드디어 완성된 편지를 들고 교장실로 향했다. 마침 B 교장 선생님이 부재중이셔서 책상 위에 편지를 살포시 놓고 나왔다.

오래전 일이라 편지의 구체적인 내용은 기억나지 않지만, 핵심 내용은 내 업무의 종류와 구체적인 실행 방식, 그리고 개선 방안이었다. 특정 업무의 경우 보건교사가 총괄하기 어려운 점, 그로 인해 발생하는 문제점을 제시하며 해당 업무를 더 효율적으로 수행하기 위해서는 총괄 부서의 변경이 필요하다는 내용을 담았다.

편지를 전달한 후, B 교장 선생님은 즉각적인 답변을 주지 않으셨다. 하지만 B 교장 선생님이 충분히 고민하실 거라고 이해했고, 일단 기다렸다. 한참 뒤 겨울방학이 시작될 무렵, B 교장 선생님은 새 학기부터는 내가 건의한 특정 업무의 총괄 부서를 변경하겠다고 알려 주셨다.

부장 선생님 역시 그동안 내 업무가 지나치게 많았다는 점을 인정하며, 부담이 되었던 특정 업무를 다른 부원이 맡기로 결정했다고 전해 주었다. "아무 말도 하지 않으면 절대 힘든지 알 수 없어요."라는 어느 보건 선생님의 조언에 크게 공감하며, 그동안 업무의 효율성 문제를 틈틈이 부장 선생님에게 이야기했던 것이 도움이 되었던 것 같다.

많은 일이 생각보다 더 잘 해결되었다. 내가 예상했던 수준을 훨씬 뛰어넘는 결과였다. 하지만 그때 나는 이미 그 학교를 떠나기로 마음먹은 상태였다. 그럼에도 불구하고 비로소 나의 글과 언어가 통했고, 일 년 간의 내 노력이 결코 헛되지 않았다는 생각에 감격의 눈물이 날 지경이었다.

무엇보다 내가 떠난 후 이 학교에 오게 될 신규 보건교사에게 선배로서 해야 할 일을 다했다는 점에서 떳떳하고 뿌듯했다. 그의 짐을 조금이라도 덜어 주었다는 생각에 마음이 놓였다. 이렇게 최선의 노력을 다해

원하는 결과를 만들어 낸 내가 너무 자랑스러웠다.

"난 그냥 산모와 태아를 도와주고 싶었어. 산모가 마른 편이니까,
태동도 빨리 느끼셨을 거야.
태동을 느낀다는 건 태아의 의지를 보여 준 거로 생각해.
산모의 의지가 강하고, 태아의 의지도 느껴진다면,
확률이 낮더라도 두 사람을 도와주는 게 최선의 선택이라고 생각해."

- tvN의 <슬기로운 의사생활 시즌 2> 中

괴짜 보건교사가 전하는
솔직담백 편지

'처음'이라는 경험 자체만으로도 모든 순간은 소중했습니다. 그 경험에서 느끼고 생각했던 모든 것이 지금의 삶, 그리고 미래의 삶에 의미를 준다는 걸 새삼 깨닫게 되었습니다. 과거의 모든 일은 그것이 최선이었기에 그 선택을 한 것입니다. 그래서 후회하지 않습니다. 완벽한 시작이 아니더라도, 매일 조금씩 성장하는 나 자신이 '최선'이라고 믿습니다.

괴짜 보건교사의
무한 도전

"Nothing ventured, nothing gained." - English proverb

"위험을 무릅쓰지 않고는 아무것도 얻을 수 없다." - 영어 속담

기적에
기적을 더하다

난 소심하고 겁이 많은 편이다. 이런 나의 성격은 다소 모순적으로 느껴질 수도 있지만, 한편으로는 즉흥적이고 도전적이며 호기심이 많고 자유로운 면이 있다. 아마도 이런 성격 덕분에 보건교사로서 일반적으로 하지 않는 일에 도전할 수 있었고, 학교도 여러 번 옮기게 되었을지도 모른다.

결정적으로 그토록 힘겹게 합격한 보건교사를 어느 날 갑자기 관뒀다. 여러 사람들이 내 결정을 의아해했다. 혹자는 "어쩜 그렇게 그만두는 걸 빨리 결정해?"라고 놀랐고, 누군가는 "왜 그러셨어요….".라고 안타까워했다. 심지어 이미 보건교사를 관둔 내게 "다시 한번 생각해 보세요."라며 농담 반 진담 반 걱정하는 이도 있었다. 하지만 나는 보건교사로 계속 일했더라도 그 시기가 달랐을 뿐, 결국 가고자 하는 길이 이 길이 아니라면 언젠가는 그만두었을 거라고 생각한다.

일반적으로 교사들은 특별한 문제가 없으면 한 학교에서 오래 근무하는 편이다. 하지만 나는 그렇지 않았다. 학교를 일 년 만에 또 옮긴 이유는 결국 내 요구와 학교의 결정이 일치하지 않았기 때문이다. 누군가는 "새로운 환경이 두렵지 않아요?"라고 물었지만, 나는 오히려 새로운 환경이 설레고 기대되기도 했다. 평소 많은 걱정과 높은 불안을 보이지만, 일과 관련해서는 새로운 것을 즐기는 내 모습이 참 모순적이라고 느낀다. E 교장 선생님은 내게 "김주희 선생님은 호기심이 많고 자유로운 사람"이라고 말씀하셨는데, 그 평가가 정말 맞는 것 같다.

앞서 B 교장 선생님께 쓴 편지에서 언급하지 않은 한 가지가 있다. 난 편지 뒷부분에 부장교사를 하고 싶다는 뜻을 밝혔다. 당시 보건교사로서 주당 12시간의 수업을 하고, 교육청 예산이 책정된 다양한 사업도 맡아서 진행했다. 이렇게 여러 가지 업무를 해 보니 자신감이 생겼고, 다른 일들도 잘해 낼 것 같았다.

하지만 이토록 많이 일하고 고생을 해도, 보건교사로서 제대로 된 인정과 보상을 받기 어려운 것 같았다. 실제로 그렇게 많은 일을 했지만, 성과급은 늘 최하위 등급이었다. 이렇게 계속 고생하며 일하는 것보다는, 스스로 성취감을 느끼고 더 많은 인정과 보상을 받을 수 있는 부장교사를 하는 것이 여러모로 낫다고 판단했다. 솔직히 말해서, 손해를 보고 싶지 않다는 계산적인 마음도 있었다. 그래서 나는 B 교장 선생님께

해파는 줄어지만 친분히 빛날 예정입니다

부장교사를 하겠다고 단도직입적으로 의견을 전했다. 아마도 B 교장 선생님은 그런 나를 보고 조금 놀라셨거나, 맹랑하다고 느끼셨을지도 모르겠다.

당시 나는 나름대로 계획이 다 있었다. 우리 학교는 상당히 규모도 크고 교원 수도 많았다. 당연히 부장교사의 수가 많은 편이었다. 교사가 많다는 것은 다양한 성향의 교사들이 있다는 의미이고, 혹시 아무도 지원하지 않는 부장교사 자리가 있을지도 모른다고 기대했다.

그러나 역시나 결과는 예상을 빗나가지 않았다. 결과적으로 난 부장교사가 될 수 없다는 결정을 간접적으로 전해 들었다. 부장교사의 남는 자리가 있는지 없는지는 중요하지 않았고, 그것과 관련된 별다른 설명도 없었다. 당시는 보직교사 희망을 받는 시기가 아니었던 것으로 기억된다. 나는 이미 분위기만으로도 최종 결과를 알 수 있었다.

그 순간, '이 학교에 더 있을 필요가 없다.'라는 결론을 내렸다. 내가 원하는 합당한 인정과 보상을 받을 수 없다면, 내 의지대로 이 학교를 떠나는 것이 맞다고 생각했다. '절이 싫으면 중이 떠나라.'라는 말처럼, 지금 돌아봐도 그 판단에 전혀 후회가 없다.

부장교사를 하고 싶었던 이유는 단순한 권력욕 때문이 아니었다. 나는 벤치마킹을 잘하는 사람으로서 인근 학교의 보건 선생님이 부장교사를 맡고 있다는 사실을 익히 알고 있었다. 그 선생님과 이야기를 나누면서, 보건교사가 부장교사를 맡게 되면 얻는 이점이 상당히 많다는 것을 깨달았다. 부장교사로서의 업무가 추가되면서 자연스럽게 보건교사에게 부당하게 부여되는 업무가 조정되고, 보건교사에 대한 인식도 한층 높아진다는 점이었다. 그동안 내가 힘들게 시도했던 업무 조정이나 인식 개선이, 부장교사가 되는 것만으로도 더 쉽게 이루어진다는 사실에 큰 매력을 느꼈다.

내가 좋아하는 말이 있다. 예전에 한 방송 프로그램에서 TYK 그룹의 김태연 회장이 했던 말이다.

"He can do. She can do. Why not me?"
"그도 할 수 있고, 그녀도 할 수 있는데, 왜 나는 안 될까?"

이미 다른 보건교사가 해내는 일이라면, 나도 할 수 있다는 희망이 생겼다. 그런데 마침 우연이라고 하기에는 너무나 신기한 일이 생겼다. 부장교사를 맡았던 인근 학교 보건교사의 자리가 공석이 되었고, 그 자리에 내가 갈 수 있는 기회가 생긴 것이다.

나는 세 자녀의 엄마였다. 아이들을 낳고 기르면서 특별한 혜택을 받은 기억이 없었지만, 다자녀인 교사를 학교에 우선 배정해 주는 원칙 덕분에 운 좋게 그 학교로 발령받게 되었다. 너무나 절묘한 순간에 찾아온 행운이었다. 하지만 새로운 학교로 가더라도 부장교사가 될 수 있을지 장담할 수 없었다. 다만 가능성이 조금 커졌을 뿐이었다.

그런데 또 다른 우연, 아니, 기적이 일어났다. 이것도 하늘의 뜻일까? 정식으로 그 학교에 발령받고 처음으로 그곳을 찾았다. 보통 교사들은 3월이 되기 전 발령받은 학교에 들러 인사를 나누고 업무 인계를 받는다.

내가 찾아간 중학교에는 지금껏 보았던 학교 관리자와 달리 꽤 젊어 보이는 교감 선생님이 나를 반갑게 맞아 주셨다. 그동안 큰 규모의 학교에서 일하다가 아담하고 작은 학교에 오니, 교무실부터 뭔가 아늑하고 가족적인 분위기가 느껴졌다. 인사를 나눈 뒤 나와 마주 앉은 교감 선생님은 잠시 망설이더니, 조심스럽게 말을 꺼내셨다.

"김주희 선생님, 하나만 부탁해도 될까요? 우리 학교 인성보건부장을 한 학기만 맡아 줄 수 있을까요? 갑자기 이런 상황이 생겼는데, 사실 어려운 일은 아니에요. 공문 확인하고 결재하는 일인데, 제가 다 알려 줄 게요."

대화 초반부터 예상치 못한 '부장' 이야기가 나왔을 때, 나는 이미 마음속으로 "Yes!"를 외쳤다. 교감 선생님의 말씀이 끝나기 무섭게, 특유의 밝고 높은 목소리로 답했다. 순간 너무 놀라고 기뻐서, 감정을 숨길 수 없었다.

"네, 교감 선생님. 사실 저는 지금 학교에서도 부장교사를 하고 싶었
는데…. 제가 하겠습니다. 그런데 부장교사는 처음이라 모르는 게 많을
것 같은데요. 많이 가르쳐 주시면 좋겠어요. 제가 잘할 수 있을지는 모
르겠지만, 열심히 해 보겠습니다."

교감 선생님은 예상치 못한 나의 빠른 수락에 놀라시면서도, 한편으
로 안도하는 기색이었다.

"그래요? 정말 다행이네요. 잘되었네요. 고맙습니다. 그럼 우리 같이
교장 선생님께 인사드리러 갈까요?"

그렇게 짧은 대화를 마친 후, 교감 선생님과 함께 교무실 바로 옆 교
장실로 향했다. 교감 선생님은 C 교장 선생님께 나를 인사시켰고, 큰 고
민을 덜어 낸 듯 기쁘게 나의 부장교사 수락을 C 교장 선생님께 알리셨
다. C 교장 선생님은 표정의 변화가 크지는 않았지만, 내 적극적인 태도
가 마음에 드셨는지 긍정적으로 바라보신다는 느낌을 받았다.

그때의 순간을 떠올리면, 지금도 가슴이 벅차다. 그토록 바라는 일들

해패는 좋아지만 찬란히 빛날 예정입니다

이 마치 드라마에서나 볼 법한 기적처럼 이루어지는 것이 신기하고 놀라웠다. 나는 또다시 하늘을 떠올렸다. 이 모든 것이 하늘의 뜻이고, 분명 나를 이 길로 이끄는 이유가 있을 것으로 생각했다. 혹시 하늘이 내게 어떠한 역할을 부여하려는 것이 아닐까? 아주 잠시 그런 상상을 했다. 나는 원래 감수성과 상상력이 풍부한 사람이었다.

보건교사가 된 이후, 최초로 '인성보건부장'이라는 직책을 맡게 되었다. 왠지 부서명부터 마음에 쏙 들었다. 보건 업무와 인성 업무를 총괄하며 관련 사업과 공문을 모두 직접 처리하고 시행했다. 상담실에서 학생들을 상담하고 관련 업무를 하는 상담사 선생님이 우리 부서의 팀원이었다. 그분은 따뜻하고 편안한 성품을 지닌 나의 유일한 동료였고, 힘들 때마다 내 이야기를 경청하고 진심으로 지지해 주었다. 지금도 그분을 떠올리면 마음이 따뜻해지고 깊이 감사한 마음이 든다.

초반에는 교직원들이 나를 "부장님"이라고 부를 때마다 어찌나 어색하고 쑥스러웠는지 모른다. 마치 원래 주인이 따로 있는 자리에 잠시 앉아 있는 느낌이랄까. 그렇게 시작된 부장교사의 경험은 나를 계속 성장하고 발전하도록 이끌었다.

아버지의 말씀이 맞았다. 아버지의 키워드는 '도전'이라고 해도 과언이 아니다. 아버지는 늘 "도전하지 않으면 아무것도 이룰 수 없다."라고 강조하셨다. 일흔이 넘으신 지금도 한결같으시다. 믿기 어렵겠지만, 아직도 마라톤 풀코스를 완주하시는 아버지는 범상치 않은 분임이 분명하다. 역시 반복적인 교육의 힘은 위대한 것일까? 나도 모르게 마음속으로 계속 '도전!'을 외치고 있었다.

그날 이후로도 나의 도전은 계속되었고, 나의 도전은 여전히 현재 진행형이다.

반쪽짜리에서
완전체로

새로운 학교로 옮기면서 예상치 못하게 그토록 바라던 부장교사가 되었다. 앞서 언급했듯이 그 기간은 엄밀히 1학기였다. 본래 부장교사가 된 선생님이 갑자기 연수를 가면서 내가 부장교사가 된 것이다.

부장교사를 통해서 '인성'이라는 이름의 새로운 세상을 만났다. 위클래스(Wee class)와 관련된 상담 업무는 모두 상담사 선생님이 담당했고, 인성 업무 전반의 사업 계획과 보고 사항을 포함한 실질적인 업무 처리는 내가 맡았다. 그래서 인성 업무의 전반적인 흐름과 내용을 파악할 수 있었고, 다문화 학생, 부적응 학생, 학교 밖 청소년과 관련된 업무를 접하는 기회가 되었다.

부서의 팀원인 상담사 선생님에게 접수되는 공문을 부장인 내가 먼저 확인하게 되면서 위클래스의 상담 업무가 무엇인지, 그 업무가 얼마나 중요한지, 그리고 그 전문성이 뛰어난지 깨달았다. 학교의 상담실은 매우 중요한 곳이며, 전문상담교사는 모든 학교에 배치되어야 한다고 생각했다. 따라서 비교과 교사의 전문성은 인정받아야 하며, 편견은 극복되어야 한다는 점을 확실히 깨달았다.

무엇보다 학교 업무의 세계는 참 무궁무진하다고 느꼈다. 시간이 얼마 지나지 않아 왜 부장교사를 해야 하는지 그 이유를 알게 되었다. 나아가 다양한 부서에서 부장교사로 일한 경험이 얼마나 값진 것인지 깨닫게 되었다.

이 학교에 근무하기 전, 큰 규모의 학교에서 화장실 갈 틈도 없이 일했던 경험은 매우 소중했다. 나는 부장교사도 맡았고 보건 수업을 했지만, 전교생 수와 주당 보건 수업 시수가 상대적으로 적어서 여유가 있었다.

부장업무도 생각보다 별로 어렵지 않았다. 처음에는 그저 '구멍만 없도록 하자.', '기본만 하자.'라는 마음가짐으로 시작했지만, 막상 업무를 하다 보니 욕심이 생겼다. '이왕 하는 거 제대로 잘해 보자!'라는 마음으로 점차 바뀌었다. 그래서 처음 접하는 인성 업무가 재미있었다. 사업계획서에 올리는 이름 하나도 특색 있게 만들려고 구상했다.

어느덧 업무를 즐기는 사람이 되어 있었다. "노력하는 사람이 즐기는 사람을 이길 수 없다."라는 말이 있다. 나는 즐기며 노력하는 사람이었던 것 같다. 그래서인지 사업계획서 작성이나 공문 처리 등을 손색없이 잘 해냈다고 생각했다. 물론 이 생각은 업무 만족감이 반영된, 지극히 주관적인 평가일 뿐이다.

그렇게 시간이 흘러, 어느덧 1학기 말이 다가왔다. 부장교사의 임기가 끝나가자 왠지 아쉬운 마음이 생겼다. 하지만 이미 기한을 정하고 시작한 부장이었기에 누구에게도 내 마음을 표현하지 않았다. 이제 2학기부터는 보건교사 김주희로서 인성보건부장이 아닌 부서의 팀원으로 돌아가면 되었다.

그러던 어느 날, 교감 선생님이 나를 찾으셨다. 아무 생각 없던 내게 교감 선생님은 2학기에도 계속 부장을 맡으라고 말씀하셨다. '이게 도대체 무슨 일이지? 어떻게 그것이 가능하지?'라고 혼자 생각했다.

그것은 C 교장 선생님의 결정이었다. 정리하자면, 원조 인성보건부장님은 인성부장을, 나는 보건부장을 맡게 되었다. 인성보건부를 한시적으로 둘로 나눈 것이다. 게다가 호칭만 부장이 아니라, 1학기와 마찬가지로 정식 부장이었다. 한 번도 생각해 본 적이 없는 일이었다.

내 추측으로는 부장에서 갑자기 팀원이 되는 나를 학교 관리자가 측은하게 여긴 것이 아닌가 싶었다. 아니면 부장을 맡아 달라는 갑작스러운 부탁에도 흔쾌히 수락하고 열심히 일했던 내가 고마웠을 수도 있다. 이유는 알 수 없지만, C 교장 선생님의 결정을 '나에 대한 배려'라고 생각했다. 그런 세심함을 보여 준 C 교장 선생님께 정말 감사했다.

그 소식을 듣자마자, 교장실로 향했다. C 교장 선생님은 본래 말수가 적은 편이셨다. 그는 재미있는 농담도 자주 하고 미소도 지었지만, 속마음을 잘 드러내지 않으셔서 나는 C 교장 선생님을 다소 어려워했다. 그동안 내 업무나 태도에 대해 어떻게 평가하셨는지 알 수 없었지만, 이번만큼은 솔직한 내 마음을 C 교장 선생님께 꼭 전하고 싶었다.

"교장 선생님, 감사의 인사를 꼭 드리고 싶어서 왔습니다. 2학기에도 부장을 계속 맡게 해 주셔서 정말 감사합니다. 다음 학기에도 열심히 해 보겠습니다."

C 교장 선생님의 다른 말씀은 잘 기억나지 않지만, 무심한 듯 나온 그 한마디는 여전히 내 기억 속에 또렷하게 남아 있다.

"보니까 일을 잘하더라고. 잘하니까 또 시키지."

난 부장교사가 된 이후, 처음으로 C 교장 선생님의 직접적인 칭찬을 들었다. 특히 "일을 잘하더라."라는 그 한마디는 짧지만 강렬했다. 그토록 듣고 싶었던 말을 드디어 듣게 된 순간이었다. 업무에 대한 내 노력과 역량에 대한 '인정'을 받고 싶었던 것 같다. 난 보건교사가 학교의 외딴섬과 같다고 느꼈다. 아무리 열심히 일해도 보상이나 인정을 받기 어렵다고 생각했기 때문이다. 그런데 겨우 반년 만에 상황이 달라졌다.

여기에서 더 놀라운 일이 생겼다. C 교장 선생님의 지시로 교장실에 일인용 소파를 새로 사서 배치한다는 것이었다. 왜 갑자기 소파를 사는지 궁금했다. 알고 보니 부장교사가 한 명 더 늘어나서 2학기 부장 회의를 위해 미리 준비하는 것이었다. 그 덕분에 나는 2학기에도 새로운 소파에서 편안하게 회의에 참석할 수 있었다. 그리고 부장교사로서 일 년을 잘 마무리할 수 있었다.

"교장 선생님, 그때 정말 감사했습니다! 새로 마련된 소파 덕분에 마치 제 자리를 찾은 듯, 편안하게 일 년을 마무리할 수 있었습니다."

담대함과 용기로
이뤄 낸 전문가

보건 교과 수업을 하다 보니, 교과의 일부 내용인 '성교육'에 관심이 생겼다. 어느 날 업무 중 공문을 보다가 '교육부 주관 학교 성교육 전문가 양성 과정'이라는 연수에 눈길이 갔다. 먼저 '교육부'라는 문구가 눈에 띄었다. 사설 기관이 아닌 교육부에서 주최하는 만큼 신뢰가 갔다.

현재 선택교과 수업 중 '성(性) 건강'을 가르치고 있으니 좀 더 체계적이고 흥미롭게 수업하고 싶었다. 이 연수를 놓치면 후회될 것 같아 즉시 신청했다. 연수 일정은 토요일과 일요일을 활용한 주말 연수로 몇 주에 걸쳐 이루어졌다. 연수 장소도 자가용으로 두어 시간을 가야 하는 다소 먼 거리의 다른 지역이었다. 주말임에도 쉬지 못하고 이른 아침부터 늦은 오후까지 온종일 연수를 받았다.

설렘 반 기대 반으로 시작된 연수 첫날, 우리 지역 출신으로 나를 포함한 4명의 보건교사가 있었다. 그날의 인연이 이후에도 계속 이어졌다. 현재 대학원 박사 동기가 된 선생님과 한결같이 나를 '보석'이라고 불러 주는 선생님과는 이 연수를 계기로 더욱 친밀해졌다. 강사진으로는 현직 교수를 비롯하여 전직 교장 출신의 교육장, 보건교사 출신의 현직 수석 교사, 현직 보건교사 등 다양한 분들이 있었다.

그중에서도 단연 가장 집중해서 흥미롭게 들었던 강의는 이광호 교수님의 '미디어 리터러시 성교육'이었다. 이 강의의 핵심은 청소년이 쉽게 접하는 미디어에서 성(性)과 관련된 왜곡된 이미지, 부적절한 내용을 찾아내어 비판적 사고와 올바른 해석을 하는 것이다. 실제 우리가 흔히 접하는 다양한 미디어가 예시로 나와 매우 흥미로웠다. 대표적으로 젊은 여성이 타깃인 경구피임약 광고를 비롯하여 아이돌이 모델인 교복 광고부터 대중가요, 애니메이션까지 다양한 미디어가 모두 강의의 소재였다.

평소 아무 생각 없이 접했던 매체를 교육의 소재로 활용한다는 것 자체가 놀라웠고, 그 안에 숨겨진 의미를 찾아내는 과정 또한 매우 뜻깊게 느껴졌다. 강의 내용이 매우 강렬한 인상을 주었는지, 집중한 덕분에 하나하나가 내 머릿속에 그대로 저장되는 듯했다.

나는 80년대생으로 학창 시절에 특별한 '성교육'을 받은 기억도 없고, 보건 교과도 없었으며, 외부 강사가 하는 전교생 대상 성교육을 받은 기억조차 없다. 그렇기에 이광호 교수님의 강의는 내게 거의 신세계와 같았다. 이런 강의야말로 우리 학생들에게 정말 필요한 강의가 아닐까 생각했다. 심지어 우리의 미래인 청소년과 대학생을 진심 어리게 걱정하는 교수님이 계신다는 것에 감사함을 느꼈다.

이광호 교수님이 강의를 시작한 계기는 원치 않는 임신과 낙태로 심한 출혈을 겪고 있는 여대생을 대학 강의실에서 직접 목격한 것이었으며, 그로 인해 결석 사례를 경험한 것이다. 원치 않는 임신 등에 관한 내용이 보건 교과에도 포함되어 매우 공감했으며, 한편으로는 여대생의 실제 이야기가 놀랍고 안타까웠다.

앞서 언급했듯이, 나는 벤치마킹을 잘하는 사람이다. 무에서 유를 창조하기보다는 무언가를 배우거나 관찰하여 그 우수성을 나의 특성에 맞게 적용하여 새롭게 구성하는 일을 잘한다고 생각했다. 우선 교육부 연수에서 들었던 여러 강의를 기억하고 메모했다. 집으로 돌아와 밤늦게까지 나만의 강의 자료를 만들었다. 연수에서 만난 우수한 강사진을 우리 학교로 모두 초청할 수 없다면, 내가 그들이 되는 게 최선이었다. 그렇게 나만의 성교육 자료가 탄생했다.

연수가 끝난 후, 나만의 성교육 자료를 활용하여 보건 수업을 진행했다. 학생들의 반응이 매우 궁금했다. 내가 연수에서 감탄했던 수준까지는 아니었지만, 학생들은 교과서만을 사용한 수업보다 덜 지루해하고 흥미를 느끼는 것 같았다. 가끔 굉장히 집중하는 학생도 있었다.

이광호 교수님의 성교육은 미디어 리터러시를 주요 내용으로 하면

헤매는 중이지만 찬란히 빛날 예정입니다

74

서도, 가톨릭에서 강조하는 생명 존중을 기본 전제로 부모의 사랑도 포함되었다. 그와 관련한 수업 자료 중에는 어린 두 자녀를 두고 세상을 떠나야 하는 시한부 엄마의 영상이 있었다. 이 영상에서 바비킴의 〈Mama〉가 배경음악으로 흐르자, 나는 도저히 눈물을 참을 수 없었다. 교실을 둘러보니 중학교 2학년 남학생 중 몇 명도 나와 함께 울고 있었다. 단순히 지식을 전달하는 차원을 넘어서 '감동이 있는 성교육'이었다.

이렇게 교육부 주관 학교 성교육 전문가 양성 과정 연수를 통해 난 성교육에 대해 새롭게 눈을 떴다. 이 연수를 선택한 것은 정말 잘한 결정이었다. 그 덕분에 새로운 깨달음을 얻을 수 있었다. 보건교사는 매년 의무적으로 전교생을 대상으로 성교육을 주관한다. 보통 보건교사는 직접 학사일정을 확인하고 교무부장이나 담당자와 협의하여 성교육 일정을 잡고 외부에서 강사를 초빙하는 방법을 사용한다. 교육부의 연수를 모두 이수한 후, 엄연히 나는 '학교 성교육 전문가'가 되었다. 그렇다면 전교생 성교육을 굳이 외부 강사에게 맡길 필요 없이 전문가인 내가 주도해야겠다고 생각했다.

실제 성교육 외부 강사에 대한 정보가 부족하거나, 강의 내용이 기대에 못 미쳐 실망했거나 놀랐던 경험이 종종 있었다. 또한 성교육의 내용이 학부모나 사회의 반발을 일으킬 수 있는 민감한 문제이기 때문에, 학교장들도 종종 보건교사에게 각별히 신경 써 달라고 당부하곤 했다. 실제로 우리나라의 성(性)에 대한 보수적인 담론을 과감히 넘어서거나, 파격적인 외부 강사로 인해 학부모들의 항의를 받거나 기사화된 사례들도 있었다. 이러한 부작용을 피하려고 보건교사들은 강사를 신중하게 선택하고, 후기를 공유하며 서로 강사를 추천하기도 했다.

난 업무 담당자로서 소중한 예산으로 우수한 강사를 초빙해야 한다는 책임감을 느꼈다. 그래서 난 '학교 성교육 전문가'로서 전교생을 직접 교육하기로 결심했다. 그러던 중, 교육청 주관 현직 보건교사의 '영화 예고편을 활용한 성교육' 연수에 참여했다. 이 연수는 매우 효과적이고 흥미롭고 혁신적이었다. 짧은 영화 예고편을 보여 주고, 관련된 내용을 교육하는 방식은 학생들이 지루해하지 않고, 자연스럽게 집중할 수 있을 것 같았다. 이 연수를 계기로 나는 본격적으로 전교생 성교육 강의를 준비하기 시작했다.

교실에서 수업한 지 얼마 되지 않았던 초보자가 이젠 강당에서 전교생을 상대로 강의하겠다니! 지금 생각해도 당시에는 어디서 그런 배짱이 생겼는지 잘 모르겠다. 도전적인 마음으로 그냥 저질러 보자는 심경도 있었고, 본래 무대에 서는 것을 좋아하는 내 성향을 믿었던 건지도 모르겠다. 난 떨리긴 했지만, 그 무대를 즐길 수 있는 사람이었던 것은 분명했다.

전교생 성교육의 핵심 목표는 청소년기는 물론, 성인이 되어서도 성희롱과 성폭력을 하지 않으며, 건전한 성(性) 인식을 가진 올바른 어른으로 성장하도록 돕는 것이다. 특히 〈소원〉, 〈도가니〉, 〈한공주〉, 〈방황하는 칼날〉 등의 영화 예고편을 활용한 수업에서는 성폭력 피해자와 그 가족이 겪는 아픔과 고통이 짧은 순간이지만 강렬하게 전해졌다. 넓은 학교 강당이 일순간에 숙연해지는 순간이었다.

이 수업은 단순히 '무엇을 해서는 안 된다.', '하지 말아라.'라고 강요하는 주입식 교육이 아니었다. 누군가를 향한 폭력이 한 사람의 삶을 송두리째 무너뜨릴 수 있음을 깨닫게 하고, 피해자에 대한 공감과 연대 의식을 심어 줄 수 있을 것이라 생각했다.

그렇게 우리 학교에서 전교생 대상 성교육을 처음으로 시작했다. 내가 강단에 서서 직접 강연하는 모습을 교사들도 흥미롭게 지켜보는 것 같았다. 오랜 기간 수업해 온 베테랑 선생님들이 많은 만큼 내 강연을 어떻게 평가할지 걱정했다. 하지만 자신감을 잃지 않으려고 노력했다. 이 분야만큼은 내가 전문가라는 확신을 가지고 당당한 태도로 강의에 임했다.

첫 강연을 마친 날, 교감 선생님이 내게 "정말 대단해."라고 칭찬하셨다. 내가 근무하는 학교에서 이루어진 강의이기에 별도의 강의료도 없었고, 누가 억지로 시킨 일도 아니었다. 자발적으로 선택한 일이었기에 강의에 대한 그날의 칭찬은 아주 특별한 의미로 다가왔다.

내가 직접 강의하겠다고 결심한 것은 무엇보다 나 자신을 위한 것이었다. 하지만 이런 작은 시작이 보건교사에 대한 인식 개선과 위상 향상에 도움이 되리라 믿었다. 어쩌면 이 모든 노력의 출발점은 내 상처와 자격지심이었는지도 모른다. 그러나 그로 인해 변화가 시작되었고, 나는 계속 도전해 나갔다.

우리 학교 전교생을 대상으로 강의하는 것도 의미 있었지만, 더 나아가 다른 학교에서도 '현직 보건교사가 직접 성교육을 강의하는 모습'을 보여 주고 싶었다. 친한 보건 선생님들과 이런저런 이야기를 나누다 보니, 내 강의 소식도 자연스럽게 전했다. 인근 학교의 보건 선생님들이 하나둘 전교생 성교육을 요청하기 시작했다. 그렇게 시작된 강의가 어떻게 소문이 났는지 혹은 무의식적으로 내가 어필한 건지 모르겠지만, 이후 계속해서 강의 요청이 들어왔다.

난 학생 대상 강의에서 한 걸음 더 나아가, 이제는 학부모를 대상으로 강의하기 시작했다. 단순한 우연이 아니라, 전략적인 선택이었다. 친한 보건 선생님이 학교에서 학부모 대상 성교육을 추진하던 중, 내 생각이 났다며 연락해 왔다. 그것이 시작이었다. 이후 교직원, 다른 공공기관의 공무원까지 대상을 확대하여 강의를 진행했다. 그렇게 나는 성교육 전문가로 거듭났다.

그 후, 교육청에서 현직 교사들을 교직원 대상의 성(性) 인지 전문 강사단으로 양성하는 연수를 추진하였다. 나는 강의 활동을 더욱 전문적으로 이어 나가고 싶었기에 이 연수에도 지원했다. 상당한 시간을 들여 연수를 마친 후, 더 많은 학교에서 교직원을 대상으로 성 인지 감수성 향상 강의를 진행했다.

지금 돌아보면, 매번 그렇게 긴장되고 부담스러운 강의를 어떻게 단 한 번도 거절하지 않고 모두 해냈을까 싶다. 난생처음 간 학교에서, 때로는 모든 교직원 혹은 여러 명의 학부모님 앞에서 말이다. 나는 물리적 거리도, 초·중·고등학교의 학교급도 가리지 않았다. 교육 대상이 학생이든 교직원이든 학부모든, 수강자가 많든 적든 중요하지 않았다. 오직 '나는 무엇이든 할 수 있다.'라는 마음으로 강의에 임했다. 그 원동력은 무엇이었을까? 이렇게 나는 '학교 성교육 전문가'로서 보건교사 김주희로 거듭났다.

한참 뒤, 나는 스스로에게 질문했다. 과연 나의 그 담대함과 용기의 근원은 무엇이었을까? 당연히 성취감과 만족감, 경제적인 부분도 무시할 수 없었다. 하지만 곰곰이 생각해 보니, 그때의 나는 성(性)에 관해 아주 깊이 있는 지식을 갖춘 것도, 이를 전공한 학자도 아니었다. 어쩌면 그래서 더 용감할 수 있었던 게 아닐까?

그런데 아이러니하게도 간호학 박사가 된 지금은 대중 앞에서 강연하는 것이 두렵기도 하고, 엄두가 나지 않는다. 박사과정 동안 수없이 발표하고 토론했음에도 불구하고, 할수록 점점 더 움츠러들었다. 이 고민을 동기에게 털어놓을 정도로, 성교육 전문 강사로서의 나와 박사과정의 나 사이의 괴리감이 생각보다 컸다.

하지만 이제는 다시 용기를 낼 때다. 그때 그 시절, 학교 성교육 전문가로서 무대에 섰던 나를 떠올리며, 비록 서툴고 부족할지라도 다시 한번 당당하게 사람들 앞에 서서 이야기해야 한다. 이제는 다시 나의 담대함과 용기를 보여 줄 차례다.

아자아자 파이팅!

함께 나누는
배움과 행복

학교 성교육 전문가로서 많은 학교를 누비며 강의를 다녔다. 강의가 끝날 때마다 아쉬움이 남았지만, 하루하루 강사로서 성장하는 나 자신을 느끼며 행복했다. 그리고 이런 배움과 행복을 나 혼자만 누릴 것이 아니라, 더 많은 보건 선생님들과 나누고 싶었다.

조금 이상적일 수도 있겠지만 난 믿었다. 한 사람의 작은 변화가 시간은 걸리겠지만 결국은 보건교사의 위상을 높이는 데 기여할 거라고. 보건교사의 전문성을 단순한 보건 업무에 한정 짓지 않고, '성교육'이라는 교육의 영역으로 확장해야 한다고 생각했다. 보건교사에 대한 인식에 새로운 변화가 일어나야 한다는 게 내 목표이자 꿈이었다.

네 번째 학교로 옮기고 부장교사를 맡은 뒤, 이듬해에는 우리 지역 특정 구의 중학교 보건교사들이 함께하는 '중등 보건교과연구회'의 회장을 맡았다. 선생님들의 추천을 마다하지 않았다. 리더의 역할은 내게 도전이었고, 내 리더십을 시험해 볼 좋은 기회였다.

그해 교육청에서 온 공문 하나가 눈에 들어왔다. 교사들이 연구회(동아리)를 만들어 운영 계획서를 제출하고, 교육청이 이를 승인하면 일 년간 예산을 지원해 준다는 내용이었다. 이렇게 좋은 기회를 놓칠 내가 아니었다. '보건교사만의 성교육 연구 동아리'를 만들자! 당시 인근 학교 보건 선생님들은 대부분 선택교과로 보건 수업을 하고 있었고, 성교육 연구는 모두에게 필요하다고 생각했다.

바로 실행에 옮겼다. 우선 동아리 구성원 모집을 위해서 인근 학교의 마음이 잘 맞고 친밀한 보건 선생님들에게 직접 전화했다.

"선생님, 우리 같이 보건교사만의 성교육 연구 동아리를 만들어 보면 어떨까요?"

갑작스러운 연락에 선생님들이 잠시 당황했지만, 나의 계속되는 설득에 모두 수락했다. 그렇게 나를 포함한 예닐곱 명의 선생님이 뜻을 모았다. 난 동아리 회장이 되어 운영 계획서를 작성했고, 신청 공문을 보냈다. 마침내 우리는 '보건교사만의 성교육 연구 동아리'로 하나가 되었다. 작은 씨앗이 싹을 틔우는 순간이었다.

지금 생각하면, 난 새로운 업무를 시작할 때 참 거침없고 겁이 없었다. 어떻게 그렇게 많은 일을 한꺼번에 추진하려고 했는지, 스스로도 가끔은 놀랍다. 게다가 그 모든 일을 감당했다는 사실이 놀랍다. 심지어 그 과정이 힘들기보다는 오히려 '신바람 나게 일했다.'라는 표현이 가장 잘 어울린다. 아마도 그 모든 에너지는 내 안의 분명한 선한 목적이 있었기에 가능했을 것이다. 작은 변화가 더 나은 결과를 만든다는 믿음, 그 믿음이 나를 움직였다.

성교육 연구 동아리가 최종 선정되고 교육청의 예산이 책정되자마자, 가장 먼저 보건교사를 위한 성교육 외부 강사 초빙을 계획했다. 우리 동아리 회원뿐만 아니라 중등 보건교과연구회에 속한 모든 보건 선생님을 대상으로, 더 나아가 이 연구회에 속하지 않는 선생님들도 올 수 있도록 홍보했다.

내가 초빙한 성교육 외부 강사 1호는 바로 '이광호 교수님'이었다. 교육부 성교육 전문가 연수에서 들었던 그의 강의는 잊을 수 없을 만큼 인상적이었다. 그 강의를 모든 보건 선생님이 꼭 들어 봤으면 했다. 이 연수를 계기로 다른 보건 선생님들도 성교육에 더 관심을 가지고 강의하면 좋겠다고 생각했다.

나는 이광호 교수님께 직접 연락했고, 그는 흔쾌히 오겠다고 했다. 모든 일이 일사천리로 진행되었다. 각 학교로 공문을 보내고 참석자를 조사하고, 우리 학교 내 강의 장소를 마련했다. 참석자들을 위한 다과를 준비하고, 강의료 책정과 관련된 공문도 작성했다. 할 일이 정말 많았다. 하지만 나는 피곤하기보단 설렜다.

그런데 문제가 생겼다. 내가 추진한 강사 초빙 일정과 교육청의 실제 예산 집행 시기가 맞지 않았다. '이런, 너무 서둘렀나?' 성급한 성격이 빚은 작은 실수였다. 하지만 난 포기하지 않았다. 난 이것을 해결하기 위해서 교육지원청을 직접 찾았다. 워낙 바쁘게 움직였던 터라 세부적인 기억은 흐릿하다. 하지만 확실한 건, 우여곡절 끝에 문제를 해결했다는 것이다.

결론적으로 그때의 업무는 힘들기도 했지만, 돌이켜 보면 매우 보람되고 뿌듯했던 기억으로 남아 있다. 이광호 교수님의 강의를 많은 보건 선생님이 들었고, 평가도 예상대로 매우 긍정적이었다. 강의가 끝난 후, 이광호 교수님은 이렇게 말씀하셨다.

"성교육 전문가이신 보건 선생님들과 직접 만나서 강의하니 너무 좋았어요. 다음에도 또 불러 주세요."

그 이후에도 우리는 편성된 예산 내에서 성교육으로 정평이 난 다른 지역의 현직 보건교사를 초빙하여 동아리 선생님들과 함께 강의를 들었다. 또한 성교육에 유익한 서적을 구매하여 모두 읽고 토론하거나, 각자 교육 자료를 만들어 공유하고 피드백하는 활동도 하였다.

우리 동아리 선생님들과의 만남은 항상 기다려졌다. 서로 얼굴을 마주할 때마다 반가움이 가득했고, 나누고 싶은 이야기들은 끊이지 않았다. 그 시간은 언제나 유익하고 따뜻했다.

이렇게 글을 쓰다 보니, 함께했던 우리 성교육 동아리의 선생님들이 문득 궁금하고 그리워진다. 학교를 떠난 후, "잘 지내시나요?"라는 연락을 드리고 싶은 마음이 있었지만, 여러 가지 이유로 망설여졌고, 선뜻 용기가 나지 않았다. 이 글을 빌려 선생님들께 미처 전하지 못한 마음을 전하고 싶다.

"선생님들, 잘 지내고 계시지요? 시간이 꽤 많이 흘렀네요. 지금에서 돌아보니 그때는 의욕이 너무 앞섰던 나머지 많은 일을 하려다 보니 부족한 점이 많았던 것 같아요. 그런데도 함께해 주시고, 여러 활동에 적극적으로 참여해 주셔서 정말 감사드려요. 무엇보다도 선생님들과 함께한 시간이 정말 행복했어요. 그 소중한 추억은 언제나 제 마음속에 남아있을 거예요. 보고 싶어요. 언젠가는 모두 함께 다시 만나 그때의 추억을 나눌 수 있기를 바래요. 모두 건강하고 행복하세요."

정말 방송이
처음이세요?

어릴 적 나의 꿈은 '언론 방송인'이었다. 하지만 그 꿈은 아쉽게도 이루어지지 않았다. 초등학생 시절부터 발표하기를 좋아했고, 대중 앞에 서는 것을 즐겼던 기억이 있다. 교실 한가득 친구들 앞에서 '구두쇠 스크루지 영감' 역할을 맡아 열정적으로 연기했던 순간이 아직도 생생하다. 중학생 시절에는 교내 합창대회에서 2년 연속 사회자로 활약했다.

자칫 자화자찬일 수 있지만, '나는 목소리가 좋고 말을 잘한다.'라고 믿으며 자신감을 가졌던 것 같다. 그래서 그런지 보건교사 임용 2차 면접시험에서 떨리긴 했지만 자신감이 넘쳤고, 나는 스스로 잘했다고 생각했다.

그러던 어느 날, 우연한 기회가 나를 찾아왔다. 남편의 지인을 통해서 방송 출연 제의가 들어온 것이다. 바로 tvN의 〈곽승준의 쿨까당〉이라는 프로그램이었다. 성범죄자 조두순의 출소를 앞두고 정신과 전문의, 현직 교수, 현직 보건교사가 각자의 관점에서 이야기를 나누는 것이었다.

나에게 주어진 주제는 '학교 성교육의 현주소'였다. 당시 나는 한창 성교육에 대한 열정이 뜨거웠고, 많은 학교와 기관에서 외부 강의를 하며 전문가로서 역량을 키우던 시기였다. 그래서 주제를 듣자마자, 단 한 치의 망설임도 없이 방송 출연을 수락했다.

하지만 마음 한편으로는 무척 떨렸다. 누군가 학교에 와서 촬영하는 것도 아니고, 직접 촬영용 스튜디오에 나가서 찍는다니! 게다가 tvN은 누구나 아는 유명한 방송사이고, 〈곽승준의 쿨까당〉이라는 프로그램은 저녁 시간인 황금 시간대에 방송되어 많은 사람이 볼 수 있었다.

다른 출연자와 비교하면 난 유명인도 아니고 그저 평범한 교사이기에 문득 '이런 내가 방송에 나가도 괜찮을까?'라는 의문이 들었다. 그래서 일단 학교 관리자에게 이 사실을 알리고 공무원으로서 방송 출연에 대한 허가를 받았다. 그리고 내부 결재 공문도 작성하여 정식 절차를 마쳤다.

방송 출연을 수락하자마자, 담당 작가는 내가 걱정하고 불안해할 틈조차 주지 않았다. 곧바로 내게 연락이 왔다. 그러고는 방송에서 할 질문 목록을 보내 주었다. 그에 대한 내 답변을 정리해서 일정 기간 내에 보내 달라고 요청했다. 지금은 기억나지 않지만, 질문이 꽤 많았다. 처음엔 살짝 긴장했지만, 막상 답변을 작성해 보니 생각보다 어렵지 않았다. 그동안 학교 성교육을 연구하고 꾸준히 강의하며 쌓아 온 경험들이 나를 성장시켰다는 사실을 실감했다.

이제 진짜 문제는 '방송용 역량'을 키우는 것이었다. 나보다 앞서 방송 촬영 경험이 있는 남편이 몇 가지 유용한 팁을 알려 주었다.

"중요한 건, 말이 끊기지 않고 자연스럽게, 줄줄 흐르듯이 나와야 해."

듣기엔 멋있었지만, 정작 웃긴 건 남편은 실제 방송에서 그런 모습을 전혀 보이지 못했다는 사실이다. '이론 강자, 실전 약자' 아마도 남편은 나를 통해 대리 만족을 하고 싶었을지도 모른다. 그래도 고마운 마음으로 남편과 함께 열심히 시뮬레이션했다. 마치 진짜 방송인 것처럼 질문에 대답하고 표정과 제스처까지 연습했다.

드디어 촬영 당일, 최근에 구입한 정장 세트를 입고 액세서리도 세트로 맞춰 착용했다. 최대한 우아한 모습을 연출하고 싶었다. "자, 준비끝. 이제 출발!" 마치 연예인이 매니저와 함께 이동하듯 남편과 스튜디오 촬영장으로 향했다.

현장에 도착하니 PD님을 비롯한 많은 방송 관계자가 보였다. 그때부터 갑자기 심장이 더 쿵쾅거리며 떨리기 시작했다. 방송 관계자는 나와 남편을 대기실로 안내했다. 대기실에서 잠시 숨을 고르고 있었다.

잠시 후, 전문가의 손길이 나를 기다리고 있었다. 본격적으로 메이크업 아티스트가 메이크업과 머리 손질을 시작했다. 거울 속에 비친 내 모습은 평소의 나와는 완전히 다른 모습이었다. '이제 정말 방송 준비가 끝났구나.'

대기실을 벗어나 촬영 장소로 이동했다. 당시 나를 포함해 출연자는 총 세 명, 그중 두 명은 이름만 들어도 누구나 알만한 전문가이자 유명인이었다. 하지만 다행히 함께 촬영하는 형식은 아니었다. 출연자들은 차례대로 등장했고, 나는 마지막 순서였다. 두 명의 출연자가 모두 자신들의 분량을 찍고 마지막으로 내 차례였다.

이제 내 차례! 스튜디오로 들어서자 조명은 생각보다 더 강렬했고, 내 앞엔 반짝반짝 빛나는 연예인들이 앉아 있었다. '우아…. 진짜 TV에서 보던 사람들이네.' 신기했다. 유명 개그우먼과 아이돌 여가수, 실제로 보니 얼굴이 정말 작고 예뻤다. 순간 속으로 이렇게 생각했다. '역시 연예인은 아무나 하는 게 아니구나….' 스튜디오의 모든 사람과 간단히 인사를 나누었다. 카메라가 여기저기 많았는데, PD님이 친절하게 말했다.

"이 카메라를 보시면 됩니다. 편안하게, 그냥 평소 하던 대로 말하면 됩니다."

'그래, 평소처럼? 편안하게? 말은 쉽지….' 하지만 속으론 긴장 100배, 그래도 마음을 다잡았다. '남편과 연습한 대로만 하자.'

PD님의 사인과 함께 방송 촬영이 시작되었다.

"큐!"

관련 영상을 함께 시청한 후, 사회자의 질문이 시작되었다. 다행히도 질문은 내가 미리 받았던 목록과 똑같았다. 이제부터는 내 무대! 연습한 대로 줄줄 끊김이 없이 말이 술술 나왔다. 분명 떨렸는데 놀랍게도 말이 술술 나왔다. 심지어 예상보다 더 잘했다.

두 번째 질문, 세 번째 질문, 질문이 이어질수록 긴장감은 점점 사라졌다. 연습했던 대사를 완벽하게 구사했다. '난 정말 방송 체질인가?' 심지어 NG 한번 없이 단시간에 촬영을 마쳤다. 당일 받은 돌발 질문에도 대기실에서 준비했던 대로 막힘없이 대답했다. 완벽한 마무리!

촬영이 끝나고 아이돌 가수가 웃으면서 내게 이렇게 말했다.

"선생님, 정말 방송 처음 하시는 거 맞아요? 너무 잘하시던데요? 직업을 잘못 찾으신 것 아니에요?"

난 그저 웃고 말았다. 하지만 속으론 '정말 직업을 잘못 선택한 걸까?' 잠시 생각했다. PD님도 "생각보다 방송을 너무 잘하던데요."라며 농담 섞인 칭찬을 했다. 사실 방송 출연을 결정하고 걱정과 긴장 속에서 준비했지만, 이렇게 잘 마칠 수 있어 다행이고 감사했다.

어느덧 시간이 흘러, 드디어 방송 날이 되었다. 우리 가족 총출동! 남편, 아이들, 친정어머니까지 그들의 아내, 엄마, 딸이 나온 방송을 보기 위해 모두 거실로 모였다. 너무 떨렸다. 과연 내가 어떻게 나올지 궁금했다. 화면에 등장한 나. '우아…. 진짜 나다!' 말은 참 잘한다.

하지만 문제는 '화면 속 내 얼굴'. 화면의 얼굴은 내가 생각했던 그 모습이 전혀 아니었다. 분명히 방송 촬영 전 메이크업과 머리 손질까지 다 받고 거울을 보았을 때는 뿌듯했다. '여자의 변신은 무죄'라는 생각과 함께 예상보다는 외모가 괜찮다고 만족했었다.

하지만 화면상 얼굴은 실제보다 더 크고 넙데데하게 보였다. '화면은 왜 이렇게 잔인한 거야….'라는 생각에 진심으로 속상하고 창피했다. 이것이 그날 이후, 다시는 내가 출연한 방송 영상을 찾지 않는 주요 이유이다. 역시 나에겐 '화면발'이 중요했다.

방송은 그렇게 끝났다. 솔직히 말하면, '딱히 누가 나를 알아보겠어?'라는 생각이었다. 하지만 뜻밖의 순간이 찾아왔다. 어느 날, 업무 때문에 우리 학년 실에 갔을 때, 한 담임 선생님이 나를 보자마자 밝은 표정으로 말했다.

"어머! 저 어제 부장님 나오는 방송 봤어요! 왜 말 안 했어요? 딱 단발머리하고 완전 아나운서처럼 나왔던데요! 화장도 아주 완벽하고요. 말도 엄청나게 잘하던데요. 앞으로 학교에도 그렇게 화장하고 다녀요. 완전 깜짝 놀랐잖아요."

과한 칭찬에 당황했지만, 그 진심 어린 응원에 마음이 따뜻해졌고 고마웠다. 사실 방송 출연 영상을 보낸 사람은 E 교장 선생님뿐이었다. 그는 웃으며 말했다.

"이런 영상은 학교에 대대적으로 공개해야지! 왜 안 해?"

난 절대 할 수 없다고 단호히 고개를 저었다. 사실 난 학교에서 정보 및 학년부장, 교과부장, 보건교사, 교사친목회 부회장, 부장단 간사 등 여러 역할을 도맡으며 활발하게 지냈다. 하지만 그 이면에는 묘한 외로움이 있었다. '학교에서 나를 있는 그대로 보여 줄 수 없다.', '진정한 내 편이 없다.' 이런 생각들이 마음 한구석을 무겁게 했다.

그 이유를 곱씹어 보면, 아마도 내 안에 자리 잡고 있던 '평범하지 않은 보건교사'에 대한 부정적 시선, 그리고 자격지심 때문이었을지도 모른다. 힘들 때마다 진로부장님과 상담사 선생님께 고민을 털어놓으며 조언을 구했지만, 마음이 맞는 친구 같은 동료를 찾기는 쉽지 않았다.

시간이 흘러 방송 출연의 기억이 서서히 흐려지던 중, 뜻밖의 소식이 전해졌다. 이전 학교의 교감 선생님과 보건 선생님들이 우연히 방송을 보고 연락을 주신 것이다.

"우연히 재방송 보다가 갑자기 TV에 김주희가 나와서 깜짝 놀랐잖아. 말을 진짜 잘하던데."
"방송에서 말하는 모습이 보건교사보다는 오히려 교수님 같았어요."

예상치 못한 칭찬에 마음 한편이 따뜻해졌다. 어쨌든 인생 최초로, 그것도 단독 게스트로 방송에 출연한 경험은 지금도 신기하고 소중한 추억으로 남아 있다. 학교 성교육 전문가이자 현직 보건교사 김주희로서 방송 출연의 기회를 준 PD님께 다시 한번 감사의 마음을 전하고 싶다. 무엇보다 나와 같은 평범한 현직 보건교사를 단독 게스트로 섭외한 PD님의 용기와 대범함에도 진심으로 박수를 보낸다.
사실 내가 방송을 정말 잘하려고 했던 이유는 PD님을 실망하게 하면 안 된다는 부담감도 있었다. 그리고 대한민국 현직 보건교사의 이미지에 혹여나 먹칠해서도 안 되며, 방송을 통해 보건교사에 대한 인식이나 위상을 높여야 한다는 마음도 컸다. 이런 점을 참작했을 때, 첫 방송치고는 스스로에게 이렇게 말할 수 있다.

"잘했고 충분했다."

지금은 나에게 새로운 꿈이 생겼다. 이제는 현직 보건교사가 아닌 '작가 김주희'로서 다시 방송에 출연하고 싶다. 이 책의 출간을 계기로 책속의 내용, 작가의 생각, 삶의 이야기를 독자분들과 진솔하게 나누고 싶다. 꼭 방송이 아니어도 괜찮다. 그저 나의 작은 희망 사항일 뿐이다. 하지만 희망이 현실이 되는 순간이 있다는 걸 나는 이미 잘 알고 있다. 난 이미 그러한 행운과 기적을 여러 번 경험한 사람이기 때문이다.

승리보다 더 값진
아름다운 패배

드디어 보건 선택교과를 가르치게 되었지만, 나는 비교과 교사였다. 선택교과와 비교과 교사의 구조적 모순은 여전히 존재했다. 교과 수업을 하는 비교과 교사가 있을 수 있는 일인가? 솔직히 아직도 이 모순이 해결되지 않은 현실이 이해되지 않는다. 교육부는 이 모순된 현실을 현명하고 신속하게 바로잡아 주기를 희망하는 바이다.

어느 날 업무를 보던 중, 내 눈길을 사로잡은 공문이 있었다. 그것은 '교육청 주관 중등 수업연구발표대회'에 관한 것이었다. 당시 난 보건 선택교과를 가르치고 있었고, 성교육 연구 교사동아리와 중등 보건교과연구회의 회장이었다. 게다가 우리 학교의 예체능 교과군 교과부장이기도 했다. 어쩌다 보니 온갖 감투를 다 쓰고 있는 나였다. 당시에는 감투를 좋아하기도 했지만, 쉽게 거절하지 못한 것도 있었다. 공문을 보는 순간, 이 대회는 보건 교과 수업을 하는 교사로서 반드시 나가야겠다고 결심했다. 마음속으로 또다시 '도전!'을 외쳤다.

한편, 곰곰이 생각해 보았다. 과연 그동안 교육청에서 시행하는 중등 수업연구발표대회에 비교과 교사가 참가한 적이 있었을까? 특히 '보건' 교과로 출전한 교사가 있었을까? 솔직히 말하면 그런 사례는 없었을 것 같았다. 정확히 확인해본 적은 없지만, 보건 선택교과 수업이 활성화된 지 얼마 되지 않았기 때문에 그 가능성은 낮아 보였다. 초등학교에서는 보건이 선택교과 개념이 아니어서 상황이 다를 수 있고, 보건교사를 대상으로 한 보건교육 관련 수업연구대회는 항상 있었다. 하지만 이것은 중학교와 고등학교의 교과 교사들과의 경쟁이었다. 그만큼 이번 도전은 거의 모험에 가까운 일이었다.

만약 선례가 없다면, 이번에 혁신적인 사례를 만들겠다고 다짐했다. 이는 보건교사와 보건교과에 대한 긍정적인 인식과 위상을 높일 절호의 기회라고 여겼다. 나아가 수상까지 한다면, 이는 한 개인의 기쁨과 영광을 넘어 보건 교과의 큰 성과로 이어질 것이라 확신했다. 교육청에서 주관하는 대회에서 다른 교과와 정정당당하게 겨루어 수업의 전문성을 공식적으로 인정받을 기회였기 때문이다.

공문을 확인한 그날, 나는 즉시 교육청 주관 중등 수업연구발표대회에 출전하기로 결심했다. 대회에 필요한 서류를 준비하기 위해서 공문을 꼼꼼히 읽었다. '준비된 자에게 기회가 온다.'라는 말이 딱 맞았다. 그동안의 다양한 활동, 즉 성교육 연구 동아리 및 보건교과연구회 회장 역임, 여러 학교와 공공기관의 외부 강사 활동, 교육부 주관 성교육 전문가 양성 과정 이수 등, 이 모든 노력이 실적으로 이어졌다. 사전에 이 대회에 나가려고 준비했던 게 아니었지만, 실적이 완벽 그 자체였다. 그 사실이 놀랍고도 신기하게 느껴졌다.

하지만 무엇보다 수업연구발표대회의 핵심은 '교수 학습 지도안'의 작성이었다. 내가 아무리 수업을 좋아하고 열정이 있더라도, 우수한 교과 교사들과 겨루는 건 쉽지 않았다. 그렇다면 누구의 도움을 받아야 할까? 감사하게도 우리 학교에는 수석 교사가 있었다. 수석 교사는 수업 전문성이 가장 뛰어난 교사이다. 다만 모든 학교에 수석 교사가 존재하는 것은 아니다. 이런 중요한 순간에 우리 학교에 그런 분이 있다니! 행운이었다.

우리 학교는 1층 복도 끝에 보건실이 있었고, 조금만 더 걸으면 같은 층에 수석교사실이 있었다. 평소 부장교사를 하면서 연수를 다니고 종종 이야기도 나누었던 터라 수석 선생님과 어느 정도 친밀감이 있었다. 그는 워낙 인품이 좋은 분이었기에 도와달라는 내 부탁을 들어주실 거로 생각했다. 예상은 적중했다. 수석 선생님은 그 도전이 쉽지 않지만 한번 해 보라며 긍정적으로 말했고, 내게 필요한 도움을 주시겠다고 했다.

그렇게 수석 선생님과 만난 후 먼저 교수 학습 지도안을 만들었다. 주제는 '미디어 리터러시 성교육'으로 정했다. 이것은 그동안 내가 가장 많이 연구해왔고, 학생들에게 수업했던 주제였다. 전문가에게 피드백을 받는다고 생각하니 매우 떨리고 부담스러웠지만, 어떤 비판도 모두 받아들인다는 신념으로 수석 선생님의 지도를 받았다.

그의 피드백은 확실히 날카롭고 예리했다. 수업은 마치 신세계처럼, 한 번도 발을 들여 보지 못한 새로운 세계를 탐험하는 기분이었다. 수업에 대하여 아직도 배우고 알아야 할 것이 얼마나 많은지 실감했다. 그 뒤로 피드백을 받아서 고치고 또 고쳐서 몇 번 더 수석 선생님의 지도를 받았다.

최고의 수업 전문가에게 지도를 받아 제작한 교수 학습 지도안을 교육청에 최종적으로 제출했다. 할 수 있는 모든 노력을 다했다고 생각했다. 기본적으로 실적은 만점에 가까웠다고 생각했다. 수업 지도안을 만드는 내 실력은 부족했지만, 최고의 전문가에게 지도받았다. 수업 시연자 명단에 내가 포함될지 여부가 발표될 날까지 가슴이 두근거렸다. 수석 선생님도 그 결과가 궁금하셨던 것 같다.

드디어 중등 수업연구발표대회의 최종 단계에 진출한 교사 명단이 공문으로 발표되었다. 그것을 클릭하는 순간, 감격스러움이 밀려왔다. 내가 속한 교과군에 '보건 김주희'가 명확하게 보였다. 가슴이 벅차올랐다.

헤매는 중이지만 천천히 빛날 예정입니다

일단 내가 설정한 목표까지 진출한 것이다. 공문을 확인한 다른 교사들도 '보건'을 꼭 봤으면 하는 마음이 들었다.

일차 목표를 달성했지만, 끝난 것이 아니었다. 수업 시연을 거쳐서 최종 수상자가 결정되었다. 세 명의 심사위원으로는 장학사 또는 학교 관리자가 온다고 했다. 따라서 수업 시연이 중요했고, 다른 사람의 평가가 필요했다. 성교육 연구 동아리의 보건 선생님들에게 수업 시연 피드백을 받는 것이 좋겠다고 생각했다. 이후 우리 동아리의 모든 보건 선생님이 우리 학교로 와서 한 교실에 앉아 내 수업을 참관했다. 모든 선생님이 내 수업을 들으며 한 명도 빠짐없이 진지하고 세심한 피드백을 해 주었다.

하지만 나는 선생님들을 학교로 오도록 한 일을 뒤늦게 후회했다. 학교 업무로도 바쁘고 힘든 선생님들이 늦은 시각까지 나를 도와주는 일이 감사하면서도 너무 죄송했다. 그래서 모든 활동이 끝나고 귀가할 무렵, 어느 선생님에게 미안하다는 말을 반복했다. 물론 그는 계속 아니라고 했지만, 그 일은 두고두고 민망했고 죄송했다. 나의 수상이 개인의 영광인 동시에 보건 교과와 우리 성교육 동아리에도 중요한 일인 것으로 착각했던 것 같다.

만약 우리 성교육 연구 동아리의 회원이었던 보건 선생님이 이 책을 읽는다면, 내 진심을 다시금 전하고 싶다.

"선생님, 너무 죄송했고, 또 진심으로 감사했습니다."

그렇게 일련의 과정을 거쳐 중등 수업연구발표대회 수업 시연까지 마쳤다. 많이 떨었던 탓인지 상세한 내용은 기억나지 않지만, 특별한 실수는 없었고, 연습한 대로 잘했다고 생각했다. 후회나 미련은 전혀 없었고, 오히려 후련한 기분이 들었다.

하지만 수업연구발표대회의 수업 시연은 그것으로 끝이 아니었다. 수업이 끝난 후, 심사위원들과의 개별 면접이 남아 있었다. 그 면접에서도 점수가 어떻게 매겨지는지 잘 모르겠지만, 끝까지 최선을 다해야 했다. 어떤 질문을 받을지 모르기 때문에 끝까지 긴장을 풀 수 없었다. 난 진땀을 흘리며 교무실 근처에 마련된 면접실로 들어가고 있었다.

그때, 우리 학교 D 교장 선생님이 면접실로 걸어오셨다. 그는 당시 우리 학교에 부임한 지 얼마 되지 않은 시점이었다. D 교장 선생님은 주요 교과라고 일컫는 사회과 출신으로, 이전에는 인문계 고등학교에서 교감으로 근무하시다가 우리 학교에 교장으로 오셨다. 그가 비교과 교사인 내가 대회에 나가고 부장교사로 활동하는 모습을 어떻게 생각할지 몰라, 조금 조심스러웠다. 솔직히 말해서, 일반적인 관점에서 나를 특이한 보건교사로 보는 것은 당연했다.

D 교장 선생님은 면접실로 들어오셔서 심사위원들에게 매우 정중하

게 인사를 건네셨다. 아직도 내 마음속에는 그날 그 모습을 바라보며 느꼈던 깊은 감동이 고스란히 남아 있다. D 교장 선생님은 마치 최선을 다한 딸자식을 격려하시기 위해 들어온 아버지와 같아 보였다. 겉으로는 과하게 티를 내지 않으셨지만, 대회에 출전한 교사를 향한 학교장으로서의 관심과 애정을 심사위원에게 의도적으로 보여 주시려는 행동으로 읽혔다.

중등 수업연구발표대회에 참가하면서 '비교과 교사의 이런 도전에 누가 관심이나 있을까?' 하고 생각했다. 속으로는 많이 외로웠지만, 의지만은 확고했다. '꿋꿋하게 모든 것을 헤쳐 나가고 극복해서 결국 승리하리라!' 이런 생각을 했던 나에게 D 교장 선생님의 면접실 방문은 실로 놀랍고 또 감사한 일이었다. 그 순간, 진심으로 마음속 깊이 뜨거운 눈물이 울컥 차올랐다. 누군가에게는 당연한 학교장의 방문일 수 있겠지만, 나에게는 특별하게 다가왔다.

심사위원들은 면접 전에 이런저런 대화를 나누었다. 전반적인 대화 내용은 보건교사에 대한 지극히 일반적인 인식과 사회적 통념을 담고 있었다.

"이런 보건교사를 별로 본 적이 없던 것 같다."
"보건교사들은 보통 보건실에서 많은 시간을 보낸다."

"보건교사들은 다른 교사들과도 주로 보건실에서 만나고, 그곳에서 대부분 활동하는 것 같다."

그러던 중, 한 심사위원이 내게 이렇게 말했다.

"저는 이번 수업 시연을 보면서 사실 많이 놀랐어요. 보건 선생님 중에 이렇게 훌륭한 분이 있다는 것에 정말 놀랐어요. 이렇게 열심히 준비하고 또 수업하고…. 참 존경스럽네요, 선생님."

그 순간, '존경'이라는 표현이 내 가슴에 확 꽂혔다. 최고의 찬사였다. 그 말 한마디에 가슴이 벅찼고, 수상 여부를 떠나서 이 대회에 참가하기를 정말 잘했다고 생각했다. '보건교사에 대한 인식 개선과 위상 향상'에 일조했다는 생각에 가슴이 뜨거웠다. 내가 그동안 생각하고 노력해 왔던 방향성이 맞았다는 생각도 들었다. 이렇게 한 걸음씩 나아가면 되겠다는 희망도 잠시 품었다. 짧은 순간 여러 가지 생각이 들었다.

특별히 어려운 질문은 없었고, 간단한 대화로 면접이 끝났다. 이로써 험난했던 중등 수업연구발표대회의 대장정이 끝났다. 이 대회는 준비부터 마무리까지 몇 개월은 족히 걸린 것 같았다. 이제는 좀 쉬고 싶다는 생각이 들 정도로 많은 에너지와 열정을 쏟았던 경험이었다.

면접을 마친 후, D 교장 선생님과 나는 학교를 나가는 심사위원들에게 정중하게 인사했다. D 교장 선생님은 심사위원들의 배웅을 위해 학교 현관에 내려와 대기하고 계셨다. 배웅을 마친 후, D 교장 선생님은 나긋한 목소리로 내게 말씀하셨다.

"면접은 잘 봤어? 심사위원들 표정을 보니까 수상은 어려울 것 같기도 해. 그래도 모르니까. 일단 끝났으니까, 지켜봐야지."

나중에 D 교장 선생님과 더 많은 시간을 보내고 나서야, 그의 통찰력이 상상 이상임을 깨달았다. 심사위원들의 눈빛, 표정을 세심하게 분석한 것처럼 보이지 않았지만, 그의 내면에서는 이미 많은 정보를 파악하고 있었던 것 같았다. 난 진심으로 그의 예견이 전혀 기분 나쁘지 않았다. 오히려 솔직한 평에 감사했다.

수상 여부에 대한 내 기대감도 있었지만, 사실 그건 어려운 일이란 걸 이미 알고 있었다. 수업 전문성이 뛰어난 교과 교사가 많다는 사실을 익히 알았고, '기울어진 운동장'이라는 편견과 통념에 이미 체념했다. 선택교과를 가르치는 비교과 교사인 보건교사가 수상의 영광을 누리기는 현실적으로 어렵다고 생각했다. 그저 최선을 다하고, 그 과정에서 많이 배우는 것만으로도 충분했다. 내 목표는 이미 면접실에서 달성한 것 같았다.

결국, 예상대로 최종 수상은 하지 못했다. 하지만 이 경험을 통해 학생에게 배움을 주는 교사로서 한층 성장했고, 보건교사와 더불어 보건 교과의 희망을 보았다. 어쩌면 내가 진정으로 바랐던 것은 보건교사와 보건 교과에 대한 사회적 관심과 새로운 시각이었을지도 모른다.

"Never to suffer would never to have been blessed."

- Edgar Allan Poe

"시련이 없다는 것은 축복받은 적이 없다는 것이다."

- 에드거 앨런 포

욕심과 열정 사이,
선택과 집중

나는 전국에서 한 명 있을까 말까 한 괴짜 보건교사였다. 일반 교사와 달리, 보건교사는 보통 장학사로 먼저 진급한 후, 학교의 관리자로 승진하는 경로가 보편적이었다. 당시 우리 교육청의 보건 장학사 선발 전형을 살펴보니, 보건교사는 보직 교사, 즉 부장교사와 관련된 가산점이 필요하지 않았다는 점에서 일반 교사와 차이가 있었다. 이는 보건교사가 부장교사를 하기 어려운 학교 현장의 현실과 제약을 반영한 정책으로 해석되었다. 나는 이것이 양날의 검처럼 보건교사를 위한 배려이자 차별로 여겨졌다.

결론적으로 나는 장학사가 되기 위해 부장교사를 힘겹게 맡으며 가산점을 쌓을 이유가 없었다. 하지만 미래에 학교 관리자를 꿈꾸는 사람이라면 마땅히 학교 전반의 업무를 잘 알아야 하기에, 연이어 부장교사로 열심히 일했다.

학년부장으로서 보건교사로 일하며 담임교사의 경험이 없어서 학교 생활기록부와 출결 관리에 어려움이 있었다. 하지만 누구나 처음은 있다는 생각으로, 잘 모르는 것은 낮은 자세로 묻고 배우기로 다짐했다. '진정성을 보여 주자!' 진심으로 일하고 부족한 점을 보완하면서 최선을 다하면 된다고 믿었다. 내가 할 수 있는 한 모든 도움을 담임 선생님들에게 주고자 근면·성실하게 일하며 부족함을 채워 갔다.

나는 당시 교육청 성 인지 감수성 전문 강사단의 일원으로 활동하고 있었다. 교육청에서 주관하는 긴 시간의 연수를 마치고 여러 학교에서 성교육을 진행한 경험이 있었기에, 우리 학교 성폭력 예방 교육은 외부 강사가 아닌 내가 직접 담당했다.

당시 코로나19로 인해 대면 교육이 어려웠지만, 직접 만든 강의 자료에 내 목소리를 담은 수업 영상을 학교 홈페이지에 올리고 관련 학습지를 만들어 배부했다. 그리고 전문 업체와 연계하여 성폭력 예방 공연 영상을 보여 주고, 설문 조사를 통해 다양한 방식으로 성폭력 예방 교육을 진행했다.

학년부장으로서 다양한 업무를 맡으면서도, 나는 늘 최선을 다해 준비하고 실천하려 했다. 우리 학년의 현장 체험 학습이나 스포츠클럽을 총괄하여 운영해야 했다. 그 부분을 미처 챙기지 못했던 나는 시간이 촉

박했지만, 흡연 예방 예산을 활용하여 놀이와 연계하는 활동을 준비했다. 계획서상 매우 그럴듯했으나, 솔직히 결과는 그렇게 풍성하지 못했다. 그럼에도 불구하고 각 반을 돌며 보건교사의 주특기를 살려 흡연 예방 퀴즈를 진행하며 최선을 다했다고 생각한다.

그러던 어느 날, 학교의 메신저를 통해 '학교폭력 유공 교원 승진가산점 신청'에 대한 안내를 받았다. 나는 작년에도 이것을 신청하려다가 시기를 놓쳤던 경험이 있었다. 예전 D 교장 선생님은 이 사실을 들으신 후, 내가 열심히 활동했던 것을 잘 안다고 하시면서 "이런 일은 누가 챙겨 주는 게 아니야. 본인이 잘 챙겨야지."라고 조언해 주셨던 기억이 떠올랐다.

그래서 올해에는 내가 직접 추진한 성폭력 예방 교육, 학교폭력 및 흡연 예방 교육, 생활지도 등 학교폭력 예방 활동을 하나둘 정리하기 시작했다. 이렇게 힘들게 완성된 최종본과 신청서를 제출하던 날, 내게 들려온 말은 이랬다.

"부장님은 이걸 왜 내는 거예요?"

갑작스러운 질문에 민망하고 당혹스러워서, 되도록 빨리 대답했다.

"저도 열심히 했으니까, 해 보고 싶어서요."

그 말이 끝나자마자 들린 말이 내 마음에 비수처럼 꽂혔다.

"하하. 참 욕심도 많아."

물론 웃으면서 농담을 던진 듯했지만, 뼈 있는 말처럼 들려 얼굴이 화끈거렸다. 다른 교사에게도 '욕심'이라는 말을 할 수 있을까? 아니, 했을까? 욕심이란 분수에 넘치게 무엇을 탐내거나 누리고자 하는 마음을 말한다. "열정 과다"라는 말은 익히 들어 봤지만 이런 단어는 처음 접했다. 열정은 어떤 일에 열렬한 애정을 가지고 몰두하는 마음이다. 나는 욕심과 열정 사이에서 지독한 비애를 느꼈다. 내가 가지고 있던 열정이 때로는 욕심처럼 오해받는다는 점에서 혼란스러움을 느꼈다. 나는 그저 내 역할에 최선을 다해서 하려고 했던 것일 뿐인데, 그것이 욕심으로 받아들여진다는 생각에 마음이 무겁고 씁쓸했다.

학교폭력 유공 교원 승진가산점 대상자 선정을 위한 위원회 개최를 얼마 앞둔 어느 날, 교내 메신저를 통해 나는 또 하나의 불편한 진실을 알게 되었다. 우리 학교의 학교폭력 유공 교원 승진가산점 대상자보다 신청자가 한 명 더 많다는 것이다. 아뿔싸! 그렇다면 누군가 한 명은 탈락해야 한다. 그 순간, 왜 또 그 '욕심'이라는 단어가 떠올랐을까?

　그 뒤로 난 많이 고민했다. 보건교사인 내가 승진가산점을 신청한 것 자체가 어쩌면 이상한 일인지 생각했다. 버거울 만큼 많은 일을 했다고 자부하는 내가 만약 탈락한다면 그 상처를 어떻게 받아들여야 할지, 그런 상처가 내게 어떤 영향을 미칠지 걱정되었다. 돌이킬 수 없는 타격을 입을 것 같았다. 일반 교사에게는 평범한 일이 왜 나에게는 특별하고 괴로운지 답답하기만 했다. 이것이 이토록 고민할 일인가?

　드디어 위원회가 개최되는 날이 되었다. 그 전에 E 교장 선생님께 내 고민을 조용히 털어놓았다. 그는 곰곰이 생각하시더니 '선택과 집중'이라는 응축된 단어로 조언을 주셨다. 궁극적으로 나에게 가장 이롭게 결정하라는 말로 이해되었다. 난 위원회에 들어가기 직전까지도 고민했다.

　회의장은 시작부터 누군가 한 명이 탈락해야만 하는 무거운 분위기가 감돌았다. 일단 나는 잠시 침묵을 지키며 상황을 지켜보기로 했다. 그러던 중, 침묵을 깨고 누군가 입을 열었다.

　"학생부장과 업무 담당자는 필수 가산점 대상자이고, 신청한 모든 담임 선생님은 승진가산점 대상자가 되어야 마땅합니다. 만약 여기서 심사를 모두 거쳐 누군가가 탈락했을 때, 학교 분위기나 상황이 좋지 않을 수 있어요."

　그렇다면 답은 이미 정해져 있는 듯했다. 암묵적으로 필수 가산점 대상자도, 담임교사도 아닌 내가 탈락 대상자가 되어야 합당하다는 의미로 들렸다. 더는 그 자리에 앉아 있기가 힘들었다. 결국 불편한 마음과 정신적 압박감을 이기지 못하고 조용히 입을 열었다.

　"제가 많이 고민하고 생각했습니다. 언론에서 말하는 승진가산점과 관련한 문제점도 보았습니다. 학교에서 승진이라는 제도로 가산점을 꼭 받아야만 하는 분들이 있다는 것을 잘 압니다. 하지만 저는 작년에 이어 올해도 정말 열심히 업무를 해서 신청했습니다. 그런데 오늘 한 명이 탈락한다면, 그게 제가 될 수도 있고, 그 누군가가 된다 해도 저는 굉장히 불편하고 속상할 것 같습니다. 그래서 제가 이번에는 받지 않는 것으로 하겠습니다. 다만 내년에는 열심히 일한 만큼 정당하게 받을 수 있었으면 좋겠습니다."

　정확하게 기억나진 않지만, 대략 이렇게 말을 마쳤다. 그때 누군가 갑자기 "김주희 부장에게 박수 한번 주세요."라고 하자, 모두 손뼉을 쳤다. 내가 했던 말 덕분에 어두운 분위기에서 시작된 회의는 부드럽게 마무

해피엔딩 좋아지만 찬란히 빛날 예정입니다

리되었다. 겉으로는 차분하고 담담한 척 행동했지만, 내 심경은 복잡했다. '내가 정말 잘한 걸까?', '과연 그들이 올해의 나를 기억하고 고마워하여 내년에는 나를 다르게 볼 수 있을까?' 등등 여러 생각이 들었다.

속상해하는 내게 한 선생님은 "어차피 승진가산점은 부장님한테는 당장 필요하지 않으니, 좋은 이미지를 쌓은 것으로 생각하는 게 나아."라며 다독여 주었다. 물론 교사의 승진에는 교직원의 평판이 중요하다는 점에서 그 말에 충분히 공감했다. 하지만 보건교사는 승진하려면 우선 평판이 중요하니 소신을 버리고 정당한 일을 할 수 없다는 것은 부끄럽고 비겁한 행동으로 느껴졌다. 어쩌면 나는 '선택과 집중'이라는 조언에 따라 합리적으로 평판을 선택한 것인지도 모르겠다.

반면 다른 선생님은 "학교폭력 유공 교원 승진가산점을 부장님 같은 학년부장이 못 받으면 도대체 누가 받는 거예요? 일 많이 하지 않았어요?"라며 길길이 화냈다. 그리고 어느 선생님은 나를 찾아와 미안하고 고맙다고 전했다.

그 후, 나는 쓰라린 마음을 다잡으며 그 일을 잊으려고 애썼다. 그런데 또다시 학교폭력 유공 교원 승진가산점 관련 학교 전체 메시지가 왔다. 메시지를 읽자마자, 가슴이 콩닥거리며 뭐라 표현하기 힘든 복잡한 감정에 휩싸였다.

그 내용은 마치 내가 심사 전에 '자진 포기'한 것처럼 비쳤다. 엄밀히 '자진 포기'와 '양보'는 다르다. 마치 내가 실적이 없어서 심사 전 스스로 가산점 신청을 철회한 것처럼 느껴져서 무척 불쾌하고 허무한 기분이 들었다. 나로서는 오랜 시간 고민하고 힘들게 한 결정이었는데, 고맙다는 말은커녕 어이가 없었다. 내가 동료들에게 너무 인격적인 대우를 기대한 걸까? 잘 모르겠다.

이 경험을 솔직하게 고백하는 이유는 세상에 꼭 외치고 싶은 메시지가 있기 때문이다. 이 경험 하나로 모든 학교를 비판하려는 것은 아니다. 다만 학교 고유의 승진 구조에 얽매여 정말 열심히 일하는 교사들이 외면받거나, 혁신과 변화에 대한 도전이 제한되는 기존의 질서와 선입견 속에서 고통받는 교사들이 더 이상 없기를 바라는 마음이다.

괴짜 보건교사가 전하는
솔직담백 편지

호기(豪氣)를 부리는 듯한 제 도전 속에는 자격지심과 상처가 깊이 자리하고 있었습니다. 그러나 그 도전은 결코 쉽게 이루어질 수 있는 일이 아니었습니다. 그 과정에서 겪은 실패와 좌절은 아프지만, 결국 그것들이 우리를 성장시키고 또 다른 도전을 가능하게 할 것이라 믿습니다. 그러니 "지금도 충분히 잘하고 있다."라고 스스로를 믿고 응원해 주면 좋겠습니다.

괴짜 보건교사를
이끄는 원동력

"내가 가진 것이 나의 가치를 결정하는 것이 아니라,
내가 추구하는 것이 나의 가치를 결정한다." - 서동식

어마어마한 영향력을 가진
최고의 리더

무심해 보이지만 따뜻한 배려로 감동을 주었던 C 교장 선생님은 우리 학교를 마지막으로 정년 퇴임하셨다. 2학기부터 새로운 D 교장 선생님을 만났다. 나는 당시 2년 차 인성보건부장이었다.

'새로운 D 교장 선생님은 어떤 분일까?', '보건교사가 부장교사를 하는 것에 대해 어떻게 생각하실까?', '혹시 나를 부정적인 시선으로 보시진 않을까?' 하는 걱정이 많았다. 신규 보건교사 시절, 인문계 고등학교에서 근무했을 때의 경험에 비추어, 인문계 고등학교의 교감이셨던 D 교장 선생님의 경력을 생각하면 두렵기도 했다. 물론 첫 발령지인 고등학교를 떠난 뒤, 중학교에서 내가 부장교사를 희망하는 것 자체가 어이없다고 생각하는 학교 관리자가 있었다.

미국의 버락 오바마(Barack Obama) 전 대통령은 최근 연설에서 이렇게 말했다.

"This idea, that each of us has to show a level of forbearance towards those
who don't look or think or pray like us, is at the heart of democracy."
"우리 각자가 우리와 다르게 보이거나 생각하거나 기도하는 사람들에 대해
어느 정도 관용을 보여야 한다는 생각이 민주주의 핵심이다."

이 말에 크게 공감한다. 서로 생각이 다르다 하여 틀렸다고 할 수는 없다. 기존의 질서에서 보면, 나는 충분히 '특이한 보건교사'로 여겨질 수 있음을 인정한다. 그럼에도 불구하고 겉으로는 당당한 척하려 했지만, 다른 사람의 시선을 신경 쓰며 늘 불안하고 걱정이 많았다.

하지만 감사하게도 새로 부임한 D 교장 선생님은 내가 생각하는 것 이상으로 혁신적인 관리자였다. D 교장 선생님이 들려주시는 모든 이야기는 내가 추구하는 가치와 이상과 상당 부분 일치하였다. 솔직히 말하면, 그 이상이었다. 자연스레 D 교장 선생님과 많은 이야기를 나누게 되었고, 가장 기억에 남는 이야기는 이렇다.

하나, 학교의 교장과 교사들은 평등한 관계에서 어떤 주제일지라도 서로 치열하게 논쟁을 펼칠 수 있어야 한다. 의견이 맞지 않아 서로 격하게 부딪혔더라도, 논쟁이 끝난 후에는 다시 편안하게 마주할 수 있는

관계가 되어야 한다.

둘, 변화하는 시대에 맞춰 학교도 달라져야 한다. 성적 중심의 국어, 영어, 수학 등 주요 교과만을 중요시하는 것보다, 인성, 건강 등 새로운 교육에 관심을 가져야 한다. 입시와 성적 중심의 교육 환경은 미래 사회와 그 사회가 추구하는 역량과 부합하지 않기 때문이다.

기본적으로 학교 관리자는 보수적인 생각만을 고수할 것이라는 편견이 있었다. 실제로 내 경험치가 그렇기도 했다. 그러나 이렇게 혁신적인 학교 관리자가 있다는 것 자체만으로도 매우 놀랍고 존경스러웠다. 잠시나마 우리 교육의 희망을 느꼈다.

고백하자면, D 교장 선생님이 우리 학교에 발령받은 것을 확인한 후, 그가 있던 고등학교의 보건 선생님에게 전화한 적이 있었다. 매우 망설였지만, 여러모로 걱정이 많았던 나는 D 교장 선생님이 어떤 분인지 알고 싶었다. 뜬금없는 전화를 받은 보건 선생님은 잠시 뜸을 들이다가 핵심적인 몇 마디로 D 교장 선생님에 대해 말했다.

"우리 교감 선생님은요, 아주 똑똑하신 분이에요. 모든 것들을 다 아세요. 그리고 아주 좋은 분이세요. 만나 보시면 아실 거예요."

더 궁금한 것이 많았지만 더는 물어볼 수 없었다. 다만 '좋은 사람'이라는 말에 안심했다. 하지만 사람은 직접 경험하지 않으면 알 수 없는 법이었다. 그리고 좋은 사람인 것과 학교 실무에 대한 시각은 전혀 다른 문제라고 생각했다. 내가 직접 경험하기 전까지는 긴장을 놓지 않기로 했다.

다행히 평판은 빗나가지 않았다. D 교장 선생님은 소문대로 '신사답고 똑똑한 분'이었다. 그는 모르는 업무가 없을 정도로 모든 업무를 잘 아는 듯 보였고, 학교의 전반적인 업무에 대한 통찰력도 뛰어나셨다.

D 교장 선생님은 공문이나 시스템을 통해 학교 업무를 세세히 설명해 주시며 가르쳐 주셨다. 이런 상세한 설명을 학교 관리자에게 들어 본 적이 없었기에, 매우 감사하면서도 놀라웠다. 한편으로는 어떻게 나 같은 비주류 교사인 보건교사에게 이렇게 많은 가르침을 주는지 의아하기도 했다. 교직 생활 중 한 번도 경험하지 못한 일이었다.

내가 관찰한 바로는 D 교장 선생님은 매우 꼼꼼하시면서도 호기심이 많으신 분 같았다. 나도 그런 면을 가지고 있어 비슷한 점을 발견한 것 같았다. 난 보건실에서 행정 업무를 하면서도 업무와 무관한 공문까지도 상세히 읽어 보는 편이었다. 궁금한 것이 있으면 절대 그냥 넘어가지 못하는 성격이라, 어떤 공문이 학교로 접수되고 어느 부서로 이동하며 어떻게 처리되고 있는지 알고 싶었다.

그런 성향을 알게 된 한 연세가 지긋한 선생님은 "그런 성향을 지닌 사람들은 관리자를 하면 잘할 것 같으니, 한번 해 보세요."라고 조언했다. 어쩌다 드문드문 듣게 되었던 이 말들이 내 꿈을 키우는 데 한몫했을 것이다. 당시 연이어 부장교사를 맡으면서 나는 의도치 않게 장학사를 꿈꾸는 교사가 되어 있었다. 교감 선생님을 비롯하여 몇몇 부장 선생님들이 내게 장학사에 대해 이야기를 꺼내기 시작하면서, 나는 자연스럽게 '장학사 지망 교사'가 되었다.

그런 분위기 속에서 나는 이런 생각까지 했다. '지금의 상황은 모두 내가 장학사로 가기 위한 큰 그림일 것이다.', '내 업무 스타일이나 성향이 보건교사보다 장학사에 더 적합하다.' 이렇게 장학사의 꿈을 조금씩 품고 있던 그때, 마침 D 교장 선생님과 만났다.

D 교장 선생님을 만난 후, 새로운 시각이 생겼다. 장학사가 되는 것도 중요하지만, 그전에 학교 관리자로서의 역량을 키워야겠다고 생각했다. 참고로 장학사가 되면 일정 기간 교육청 혹은 교육지원청에서 근무한 후, 교감으로 학교에 나가고, 이후 교장이 되기도 한다. 법령 개정으로 보건교사는 학교 관리자가 될 기회가 생겼다. 실제로 우리 지역에도 보건교사 출신의 학교 관리자가 있었고, 다른 지역에도 그 사례가 있었다.

D 교장 선생님을 통해서 처음으로 '학교 관리자의 역량'에 대해 깊이 생각해 보았다. 학교 관리자는 다양한 부서에서 하는 업무를 전반적으로 알고, 업무의 방향성과 비전을 제시할 수 있어야 한다는 것을 깨달았다. 이것은 D 교장 선생님이 내게 미친 어마어마한 영향력이었다.

어느 날, D 교장 선생님과 우연히 학교 교정에서 만났다. 여러 이야기를 나누던 중, 그는 내게 이렇게 물으셨다.

"김주희 부장은 뭐가 되고 싶은 거야? 장학사가 되고 싶은 거야?"

나는 조심스럽게 "할 수 있다면 그렇게 하고 싶어요."라고 말했다. 그동안 누가 물어보지 않으면 선뜻 말할 수 없었고, 민망했으며 또 부끄럽기도 했다. 사실 그동안 구체적인 준비나 계획은 전혀 없었고, 그저 막연하게 주변 사람들의 얘기와 우연히 전개된 상황에 따라 '한번 도전해 볼까?' 하는 생각만 있었다.

D 교장 선생님은 내 대답을 들으시고, 장학사의 꿈이 있다면 구체적으로 어떻게 준비해야 하는지 알려 주셨다. 그는 장학사가 되기 위한 시험을 잘 치르려면 철저한 준비가 필요하다고 하셨다. 그 준비에는 장학사 출신의 관리자나 선배에게 시험이나 준비 방법에 대한 구체적이고 실제적인 조언이 중요하다고 강조하셨다.

최근 간호 관리학 실습을 지도하면서 간호학과 학생들과 '리더십'에 관하여 많은 이야기를 나누었다. 다양한 리더십의 유형에 대해 말할 때마다 D 교장 선생님이 문득문득 떠올랐다. D 교장 선생님은 내게 목표와 비전을 제시하고, 동기와 목적의식을 높여 주며, 능력과 장점을 최대한 발휘할 수 있도록 도와주셨다. 이것이 최종적으로 나를 성장으로 이 끈 중요한 요소였다고 생각한다. 나도 언젠가 누군가에게 이런 리더로 남고 싶다.

그렇게 존경했던 D 교장 선생님이 우리 학교를 떠나시기 전, 마지막 회식 자리에서 나는 예상보다 많은 눈물이 나 눈이 벌게지도록 울었다. D 교장 선생님이 학교를 옮기신 후, 몇몇 부장 선생님과 함께 그의 새 학교를 방문했다. 그 당시 우리 학교 교사 친목회에서 준비한 꽃다발과 함께 작은 카드에 내가 직접 메시지를 적었다. 그 글은 친목회 부회장으로서 임무를 수행한 것이었지만, 사실 그 메시지에는 D 교장 선생님에 대한 내 진심과 감사를 담은 말이었다.

"존경하는 교장 선생님, 항상 기억하겠습니다.
교장 선생님께서는 진정으로 최고의 리더이십니다."

막중한 책임감
그리고 최선

2학기에 D 교장 선생님이 새로 부임하시고, 시간은 그렇게 흘러갔다. 벌써 다음 해 새로운 학기를 맞이할 준비가 한창이었다. 우리 학교는 새 학기의 대대적인 변화를 예고하고 있었다. 즉, 조직 개편을 앞두고 있었다. 그로 인해 내가 2년 동안 부장교사로 있던 인성보건부는 사라지게 되었다. 개인적으로는 아쉬웠지만, D 교장 선생님이 구상한 합리적이고 혁신적인 조직 개편이라면 학교의 효율성을 높이는 데 필요한 과정이라고 생각했다.

그러나 나에게 조직 개편의 후폭풍은 거셌다. 장학사를 꿈꾸며 학교 관리자의 역량을 키우고 싶었던 나는 부장교사를 계속하고 싶었다. 다양한 업무를 배우고 업무의 영역을 더 확장해서 D 교장 선생님처럼 전반적인 학교의 업무를 파악하는 통찰력을 키우고 싶었다. 하지만 내 의지와 상관없이, 내 한계, 즉 보건교사라는 이유로 부장교사를 계속할 수 없다는 생각에 서운함과 속상함이 밀려왔다.

그동안 정기적인 부장 회의에서 각 부서의 계획을 듣고 이야기하는 것만으로도 학교 업무 전반을 바라보는 넓은 시야를 가질 수 있었고, 업무의 흐름을 파악하는 데 도움이 되었다. 그리고 교내의 다양한 업무, 활동과 관련된 논의에 참여하고 의견을 직접 제시하여 그것이 반영될 수 있다는 것도 좋았다. 하지만 이제는 그런 기회를 더 이상 가질 수 없다는 것이 슬프고 속상했다.

그래서 난 어떻게든 D 교장 선생님에게 부장교사를 계속하고 싶다는 의견을 끊임없이 개진했다. 어느 날은 급기야 D 교장 선생님 앞에서, 그리고 부장 회식 자리에서까지 눈물을 보이고 말았다. 부장교사들 앞에서 울었던 순간만 생각하면 지금도 이불킥이 절로 나온다.

더욱 서러웠던 것은 학교에는 주로 어떤 교사가 부장교사를 하는 게 적절한지 보이지 않는 기존의 질서가 존재하는 듯하였고, 학교의 비공식적인 원리조차 나에게는 적용될 수 없다는 점이다. 보건교사와 같은 비교과 교사가 부장교사를 하는 것은 기존의 질서와 당연히 맞지 않았다. 비공식적인 원리는 이전 학기에 부장교사를 했던 사람은 다음 학기에도 부장교사에 뜻이 있다면 특별한 상황이 아니면 대부분 할 수 있었다.

하지만 난 예외일 수밖에 없었다. 그 이유는 단 하나! 바로 보건교사였기 때문이다. 보건교사는 다른 일반 교사처럼 소속된 부서에 따라 근무 장소를 바꿀 수 없었다. 보건교사의 근무 장소는 언제나 '보건실'이기 때문이다. 기존의 인성보건부는 보건교사와 상담사 선생님으로만 구성되었기 때문에 각자 특별실에서 근무하여 문제가 없었다.

부장교사 선정이 결정되기 전까지 난 매일매일 불안하고 초조한 시간을 보냈다. 한편으로는 자포자기한 마음도 있었다. 아무리 생각해 봐도 내가 할 수 있는 부장 자리는 없는 것 같았다. '아무리 부장교사를 하고 싶어도 할 수 없는 순간이 왔다.'라고 생각하기도 했다. '이제 어떠한 결과가 오더라도 순순히 받아들이고, 일을 조금 덜 하고 편하게 살자.'라며 스스로 위로하기도 했다. 어느 순간 나의 집념을 '집착'으로 느끼며, 이제는 더 이상 집착하지 않겠다고 결심했다.

드디어 부장교사가 결정되는 날이었다. D 교장 선생님이 보건실로 날 찾아오신 것으로 기억된다. 그는 많이 고민하여 논의 끝에 결정했다고 하셨다. 마침내 내가 '창의융합부장'으로 임명되었다는 충격적인 소식을 접했다. '창의'와 '융합'이라는 아주 트렌디하고 멋진 단어의 조합에 대한 감탄은 잠시뿐이었다. '정보부장'과 '학년부장'의 두 가지 역할을 맡게 되었다.

그 이야기를 듣는 순간, 머리가 멍해졌다. 솔직히 말해서 부장교사가 되었다는 기쁨은 아주 잠깐이었다. '도대체 나에게 무슨 일이 일어난 걸까?' 말로 표현하기 힘든 복잡하고 미묘한 감정이었다. '정보부장도 힘들 것 같은데, 학년부장까지? 그것도 겸임이라니! 그 업무들을 내가 과연 해낼 수 있을까?' 순간 하늘이 노랗다 못해 검다고 하면 믿을까?! 이제 와서 못한다고 말하기엔 이미 늦었다. 그토록 부장교사를 하고 싶다고 D 교장 선생님께 말하며 눈물까지 보이지 않았던가.

그렇게 나는 다음 해 창의융합부장을 역임했다. 과연 전국에 나 같은 보건교사가 또 있을까 생각해 볼 정도였다. 만약 있다면, 지금이라도 연락을 주시면 꼭 한번 이야기 나누고 싶다. 정말 할 말이 많을 것 같다.

하지만 여기서 끝나지 않았다. 이렇게 다음 해 어마어마한 부장을 맡게 되고 마음의 준비도 할 틈 없이 '코로나19'라는 재앙이 찾아왔다. 게다가 스트레스 탓인지 모르겠으나, 병까지 얻어 입원에 수술까지 하게 되었다.

그 와중에 설상가상으로 간호대학원 석사의 마지막 학기도 겹쳤다. 본래 석사 논문을 쓰기로 했고, 사전 심사까지 모두 마친 상태였다. 그러나 수술 후 누워 있던 병실에서 여러 가지 생각이 떠올랐다. 결국 나는 논문 대체 인증시험으로 졸업하겠다고 선언했고, 완성된 논문을 메일로 보내 달라는 지도교수님께 죄송하다는 말과 함께 장문의 메시지를 보냈다. 지금 돌이켜 보면 그때는 최선의 선택이었지만, 논문을 포기한 것이 안타깝고 지도교수님께 면목이 없다는 생각이 든다.

그날이 기억난다. 입원 준비 중, 다음 날 수술을 앞둔 상황에서도 D

교장 선생님께 전화해 업무를 걱정했다. D 교장 선생님은 내게 아무 걱정도 하지 말고 건강을 생각하라고 말씀해 주셨다. 과거 학교에 갑작스럽게 병가를 내고 수술받아야 할 상황에서도 학교 관리자에게 예상치 못한 심각한 폭언을 들었던 기억이 떠오르며, D 교장 선생님의 말씀이 정말 감사했다.

하지만 코로나19로 혼란스러운 시국에 업무에 지장을 주는 것 같아서 내심 초조했고 진심으로 송구한 마음이 들었다. 사실상 수술 후에는 병가를 써야 마땅했지만, 그렇게 하지 않았다. 물론 목숨이 위급한 수술은 아니었지만, 전신마취였기에 신체적으로도 소진이 심했다. 그럼에도 불구하고 일을 계속해야 한다는 신념이 강해서 그저 견뎠다.

지난날을 돌아보니, 건강보다 중요한 것이 대체 무엇이길래 그렇게까지 무리했을까 싶고, 그런 과거의 내가 조금 가엾다는 생각이 많이 든다. 일반적인 상황이었다면 모든 것을 제쳐 두고 병가를 내고 쉬었을 것이다. 하지만 난 그렇게 하지 못한 상황을 자초했다. 그 속에서 상당히 힘들었던 과거의 내 모습이 여전히 사무치게 마음 깊숙이 남아 있다.

결과적으로 막중한 책임감으로 최선을 다해야 한다는 내 신념과 가치를 지켜 냈다. 이렇게 글로 전개해 보니, 드라마도 이런 드라마가 없을 정도다. 드라마 8부작은 충분히 나올 법한 이야기다. 이렇듯 내 특별한 이야기는 결코 여기서 끝나지 않았다.

만능 치트키가 된
괴짜 보건교사

엄청난 재앙이 찾아왔다. 보건교사로 재직하면서 신종 감염병이 창궐할 때마다 다행히도 임신으로 인한 육아휴직을 하거나 이미 출산 후 육아휴직 중이었다. 하지만 한 번도 경험하지 못한 '코로나19'라는 거대한 위기가 찾아왔다.

보건실에서 필수적으로 갖춰야 할 마스크마저 갑작스럽게 품절되었고, 교육부는 이 상황에 대한 대안을 내놓지 못했다. 학교에서는 마스크가 절실히 필요했던 상황이었고, 보건교사들은 각자의 교과연구회 단톡방을 통해 어떻게 마스크를 구할지 의견을 나누고 논의했다.

하물며 이런 위기 속에서 난 정보부장과 학년부장을 겸임하게 되었다. 혼란스럽고 두려웠다. 새로운 학기를 준비하는 겨울방학이었지만 쉴 수 없었다. 하지만 조금 차분하게 마음을 가라앉히고, 당장 급한 업무부터 처리해야 했다. 학년부장이 만들어야 할 담임교사 배부용 파일을 우선 만들고, 이후의 상세한 업무는 차차 배우기로 했다. 다행히 나처럼 처음 학년부장을 맡은 선생님이 있어서 동병상련을 느끼며 그에게 배우기로 했다.

정보부장의 주요 업무는 정말 상상을 못 할 정도로 많았다. 솔직히 지금도 그때의 모든 업무가 명확하게 기억나지 않는다. 우선 학기 초 반드시 해야 하는 업무로서 교사들의 업무 권한 설정과 담당자 지정을 전적으로 맡았다. 업무 매뉴얼로 어느 정도는 알 수 있었지만, 실제 상황은 아주 어려웠다. 겨울방학 중임에도 정보부장의 업무와 코로나19 관련 일들을 처리하느라 학교, 집 등 장소를 가리지 않고 내 전화기는 쉴 새 없이 울려 댔다.

새로운 업무와 관련하여 도움을 받을 수 있는 사람이 절실히 필요했다. 그러던 중 임용 동기가 떠올랐다. 임용 동기는 부부 교사였다. 동기에게 전해 듣기로, 그의 남편은 컴퓨터와 정보화 기기 사용에 능숙했고, 정보부장의 경험도 있었다. 유능함 덕분인지 그는 당시 어느 중학교의 교무부장에 내정되어 있었다. 다행히도 '임용 동기의 남편 찬스'가 생겼다. 동기는 모르는 일이 있으면 편하게 연락하라며 남편의 연락처도 서슴없이 알려 주었다.

나는 수시로 동기의 남편인 선생님에게 연락하여 모르는 것을 물어볼 수밖에 없었다. 그는 나 못지않게 바빴지만, 한결같이 차분하게 답해 주었고 도움이 되는 자료도 알려 주거나 찾아서 보내 주었다. 고마운 마음은 컸지만, 미안한 마음에 가끔 동기에게 전화했다. 동기는 "보건교사가 이런 일까지 하다니 참 대단해."라고 남편이 했던 말을 전해 주었다. 그 말을 들으니, 당장은 앞날이 두렵고 자신 없었지만, 용기를 내기로 마음 먹었다. 임용 동기와 그의 남편은 평생의 은인으로 기억될 정도로 정말 감사한 존재였다.

어쨌든 정보부장의 첫 번째 업무인 전체 교사의 권한과 담당자 지정, 교과 관련 정보 입력 등을 처리하면서 학교 업무의 전반을 파악하는 데 큰 도움이 되었다. 정보부장의 업무는 그 외에도 정보 보안, 정보 공시, 학교 홈페이지 관리 등으로 매우 많았고 관련 공문도 끊임없이 쏟아졌다.

게다가 코로나19로 인해 정보부장의 업무와 책임은 더욱 무거워졌다. 본래 학교의 PC(Personal Computer) 등 기기를 관리했지만, 당시 비대면 수업이 활성화되면서 새로이 태블릿 PC, 비대면 수업을 위한 각종 장비 등의 구매부터 학생 대여 등 업무가 대폭 늘어났다. 당시 새로 부임한 E 교장 선생님, 여러 부장 선생님과 엄청 많은 회의를 진행했다. 다행히 정보 교과 선생님이 부원으로 있어서 기기를 잘 다루고 늘 성실하게 실무적인 일을 해 줘서 든든하고 고마웠다. 그러나 부장교사로서 전반적으로 챙겨야 할 일이 너무 많아서 허둥지둥거렸다.

　이런 힘든 과정에서도 나는 보건교사로서 코로나19 위기 대응에 힘을 쏟아야 했다. 당장 필요한 약품과 체온계 등 물품을 구매했다. 각 반에 배부할 여러 개의 바구니를 준비했다. 모든 물품은 분실을 방지하고 효과적으로 보관하기 위하여 학년과 반을 표기한 스티커를 별도로 제작해 붙였다. 준비한 바구니에 반별로 나누어 담은 후, 새로운 학기에 담임 선생님들에게 배부할 준비를 했다.

　그 누구에게도 도와달라고 할 수 없었다. 난 그렇게 서글서글한 성격도 아니었고, 무엇보다 부장교사까지 하겠다고 한 사람이 보건교사 업무도 버거워하는 모습을 보여 줄 수 없었다. 아마 쓸데없는 자존심과 자격지심이 작용한 것일지도 모른다.

　보건교사들은 코로나19로 인하여 특히 더 힘든 시간을 보냈다. 학교의 유일한 의료인이자 전문가로서 감염병 대응을 총괄해야만 하는 부담감과 압박감은 이루 말할 수 없었다. 교육청, 보건소, 교직원, 학교 관리자 할 것 없이 '코로나'라는 단어만 들어가면 보건교사를 찾았다. 초기에는 공문에 '코로나'만 붙으면 보건교사에게 접수되는 일이 흔했다. 한 번도 경험해 보지 못한 혼란스럽고 불확실한 상황에서 교육부나 교육청도 갈피를 잡기 어려웠을 것 같다. 그러니 학교는 말할 것도 없었다. 코로나19와 관련한 모든 업무, 특히 방역 소독까지 보건교사에게 전가되는 현실에 분노가 치밀었다. 물론 우리 학교는 그렇지 않았다.

어느 날, 인근 학교에서 코로나19 확진자가 발생했다는 소식을 들었다. 아침 일찍 보건소의 담당자들은 그 학교로 가서 전교생과 교직원 대상 코로나19 검사를 시행하기로 했고, 보건교사는 새벽부터 보건소로부터 연락을 받은 후 서둘러 학교로 이동했다. 그 보건교사는 모든 학생과 교직원이 검사를 받는 동안 관련 업무를 처리했고, 검사가 끝난 후에도 혼자 학교에 남아 늦게까지 보건소와 교육청의 보고 사항 등 추가 업무를 했다.

결국 모든 업무가 보건교사에게 전가되었다는 이야기를 들었고, 나역시 그런 상황으로 느꼈다. 물론 당시는 코로나19와 관련된 교직원의 역할 정립이 제대로 이루어지기 힘들었고, 코로나19와 관련된 지침이나 매뉴얼도 정비되지 않은 상태였다. 당시 참고할 수 있었던 것은 몇 년 전 발행된 감염병 대응 매뉴얼뿐이었다.

많은 보건 선생님들은 이 사실을 이해하면서도, 그 보건교사의 상황을 듣고는 마치 우리가 그 상황에 부닥친 것처럼 함께 분노하고 아파했다. 심지어 어느 보건 선생님은 그 학교를 직접 찾아가 담장 밖에서 그 보건교사에게 음료와 초콜릿 등을 건네며 응원의 메시지를 전달했다. 이처럼 보건교사들의 뜨거운 연대와 깊은 공감에 가슴이 뭉클했다.

이 일화를 D 교장 선생님께 직접 전한 이유는, 확진자가 발생하더라도 우리 학교는 그런 식으로 대응해서는 안 된다고 생각했기 때문이다. 다행히도 D 교장 선생님은 내 생각에 공감해 주셨다. 그는 늘 '시스템'을 강조하시며, 갑작스러운 일이 발생하더라도 학교의 시스템이 잘 작동하게끔 해야 한다고 말씀하셨다. 그래서 나는 부장 회의에서 '코로나19 발생 시 학교 구성원의 역할'에 대해 다시 한번 강조했다. "보건교사뿐만 아니라 모든 부장교사가 자신의 역할을 명확히 인식하고 수행해야 합니다."라고 알렸다.

D 교장 선생님은 코로나19와 관련된 업무에 있어서 나에게 상당히 힘을 실어 주고자 노력하셨다. 그는 내게 전문가로서 발언할 기회를 주셨고, 민주적으로 의견을 제시하도록 해 주셨다. 덕분에 난 코로나19와 관련된 힘든 업무를 하면서도 당당하고 자신감을 잃지 않을 수 있었다. 평소 부장 선생님들과 자주 만나고 소통했던 것도 도움이 되었다.

코로나19 발생 이후 보건교사가 부장 회의에 참석하는 경우가 많아졌다고 들었지만, 일부 보건 선생님들은 부장 회의에 참석하는 것이 불편하다고 말하기도 했다. 사실 나는 늘 당당해 보였지만, 티를 내지 않았을 뿐 속으로는 그렇지 않았다. 우리 학교에서 확진자가 나오면 어쩌나 하면서 하루하루 불안과 걱정으로 속이 타들어 갔다.

결과적으로 코로나19로 인해 각 학교의 보건교사들은 엄청난 고생을 했다. 물론 학교의 모든 부서, 교사와 직원, 관리자까지도 각자의 어려움이 있었고, 담임교사의 고충도 만만치 않았다. 그리고 학교에 와서 도움을 준 학부모님들과 자원봉사자들도 큰 힘이 되었다.

무엇보다도 보건교사는 학교의 유일한 의료인이며 감염병 대응 전문가이다. 코로나19 이후, 보건교사의 중요성과 위상은 사회적으로 깊이 각인되었다. 주기적으로 반복되는 신종 감염병은 이제 무서울 정도로 현실이 되었다. 언제 또 코로나19와 같은 위기가 찾아올지 모른다. 보건교사가 없는 학교는 감히 상상할 수 없다!

> "정의감이 아니다. 직업윤리와 상식이었다.
> 의사는 본 대로 기록하고, 부검의는 부검한 대로.
> 각자 상식에 의거 행동했기 때문에
> 지금 상식이 통용되는 사회가 된 것이 아닌가 생각한다."
>
> - tvN의 <알쓸범잡> 中 영화감독 장항준

우리의 선택은
당신입니다

우리 학교는 교장 공모제를 통하여 새로운 교장 선생님을 선발했다. 교장 공모제란 각 학교에서 교장 후보자를 공개 모집하고, 지원자 중에서 심사를 거쳐 적격자를 임용하는 제도를 말한다. 교장 공모제라는 말은 얼핏 들은 적은 있지만, 그 제도가 구체적으로 무엇인지 알지 못했고, 당연히 관심도 없었다.

그렇던 내가 교장 공모제의 심사위원으로 선정된 것이다. 사실 나는 심사위원 후보자 중 가장 낮은 순위에 있었다. 그러나 우선순위에 있던 고경력의 부장교사들이 개인 사정 등으로 심사를 참여할 수 없게 되자, 내가 심사위원에 들어갔다. 학교의 교장을 선발하는 매우 중차대한 일에 내 의사결정이 반영된다는 사실만으로도 가슴이 벅찼다. 주말인 토요일에 학교에 나가야 했지만, 난 심사위원으로 참여하겠다고 의사를 밝혔다.

당시 난 교육부 보건 과목의 연구사가 되려고 지원한 상태였다. 1차 서류 전형을 통과하여 2차 시험까지 합격하여 최종 면접을 앞둔 상태였던 것으로 기억된다. 이런 중요한 시기에 면접관의 입장이 되어 보는 것은 꽤 의미 있는 경험이었다. 심사위원의 관점에서 지원자의 어떠한 태도, 말투, 내용에 호감이 가고 높은 점수를 줄 수 있는지 분석해 볼 수 있는 절호의 기회였다. '기회'라는 표현이 적합할지 모르겠지만, 어쨌든 매우 유용한 경험이었다.

교장 공모제의 심사위원은 교사와 학부모로 구성되었다. 학교의 구성원들이 직접 학교의 장을 선발할 수 있다는 점에서 매우 혁신적인 제도라고 생각했다. 보건교사로서 내가 마지막으로 재직했던 학교의 E 교장 선생님이 바로 이 교장 공모제의 주인공이었다.

당시 E 교장 선생님은 면접에서 매우 인상적인 모습을 보여 주셨다. 학교 관리자, 교장 선생님이라고 하였을 때 흔히 생각되는 이미지와는 상당히 다른 모습이었다. 인상과 복장까지 모두 격식에 얽매이지 않는 소탈한 모습이었다. 부드러운 말투와 물 흐르듯 자연스럽게 이어지는 이야기, 그리고 적절한 유머가 돋보였다. E 교장 선생님은 경직된 면접 장을 매우 화기애애하게 만드는 힘을 가진 분이었다. 그는 자신의 이름에 얽힌 에피소드부터 시작해, 다양한 이야기를 풀어내며 심사위원들의 웃음을 자아냈다.

상당한 매력을 소유한 지원자에게 심사위원의 마음이 가는 것은 당연한 이치였다. 예상대로 이 지원자가 우리 학교의 교장 선생님이 되었다. 이후 정식 발령을 받은 E 교장 선생님이 학교에 오셨다. 면접장이 아닌 학교의 복도에서 그를 다시 만나니, 왠지 기분이 묘했다. 내 손으로 뽑은 교장 선생님이라니! 신기하면서도 반가웠다.

E 교장 선생님은 보건교사인 내게 자신의 건강과 관련된 궁금증이나 관련 내용을 허심탄회하게 물어보셨고, 편안하게 대해 주셨다. 면접 당시 들었던 E 교장 선생님의 이름에 얽힌 일화와 가족 이야기 등도 추가로 들려주셨다. 면접장에서 본 이미지보다 훨씬 더 소탈한 분이라고 느꼈다.

학교에서 오랫동안 뵙지 못했지만, E 교장 선생님의 선한 미소와 편안하고 소탈하셨던 모습이 지금도 눈에 선하다.

"힘든 일을 겪을 때마다 여러모로 도움을 주셨음에도 불구하고, 뭔가 보답하지 못한 것 같아 늘 마음의 빚을 지고 있는 나의 마지막 교장 선생님!"

"내 마음속 E 교장 선생님의 점수는 언제나 10점 만점에 10점입니다!"

해마다 좋아지지만 천천히 빛날 예정입니다

내가 마주한
작은 혁신

교장 공모제를 통해 우리 학교에 발령받은 E 교장 선생님은 면접에서 본 모습 그대로였다. 정말 '민주적인 교장 선생님'이라는 표현이 딱 어울리는 분이었다. 학교에 부임한 지 얼마 지나지 않아 들려오는 소문이 있었다. E 교장 선생님은 평교사로 근무하던 시절에도 교사들 사이에서 인기가 많았다고 했다. 그 이유는 교사들이 부당한 일들을 겪을 때마다 그들의 입장에서 어려움을 대변하고 많은 도움을 주었기 때문이라고 했다.

이러한 미담들은 E 교장 선생님을 더욱 친근하게 느끼도록 했다. 물론 면접장에서 보여 주신 모습만으로도 충분했지만 말이다. 그래서 보건교사로서 내 생각과 어려움 등을 편안하게 이야기할 수 있는 분이라고 느꼈다.

나는 늘 존재감이 없는 소위 '비주류'에 속하는 교사라고 생각하며 살아왔다. 누군가는 왜 그렇게 자격지심이 심하냐고 말할지도 모르지만, 교과 교사, 일반 교사에 대한 차별을 실제로 느껴 왔기 때문이다. 간호학 박사과정에서 연구하면서 알게 된 사실은 보건교사를 대상으로 한 선행 연구에서도 이러한 소외감, 차별 인식, 외로움이 자주 드러난다는 점이다. 이는 비단 우리나라 보건교사만의 문제가 아니었다. 우리나라와 자격 요건은 다르지만, 미국의 학교 간호사들도 이와 유사한 감정을 느끼는 것으로 나타났다.

E 교장 선생님이 부임하신 지 며칠 되지도 않은 시점에 나는 직접 교장실을 찾아갔다. 그리고 E 교장 선생님께 내 이야기를 먼저 꺼내기로 마음먹었다. 아무도 시키지 않았고 묻지도 않았으며 굳이 그럴 필요도 없었지만, 왠지 그렇게 해야만 할 것 같았다. 대뜸 E 교장 선생님께 할 말이 있다고 하자, 편하게 자리를 마련해 주셔서 마주했다.

"교장 선생님, 솔직히 제가 어떻게 비칠지 몰라서 이렇게 미리 말씀드려요. 사실 저는 일부 사람들의 반대도 있었는데, 제가 너무 부장교사를 하고 싶어서 이 자리까지 오게 되었어요. 그래서 어쩌다 보니 정보부장과 학년부장까지 맡게 되었어요. 아시겠지만, 일반적인 인식이나 기존의 관행으로 인해서 마음이 힘들고, 어려운 부분이 많아요. 그리고 선택교과이긴 하지만 보건 수업이 정말 아이들에게 유익하고 중요하다고 생각하거든요. 그래서 열심히 가르치고 있고, 수업연구발표대회에도 참여했어요. 교장 선생님께서 제 이야기에 공감해 주실 것 같아 이렇게 솔직히 말씀드려요. 앞으로도 맡은 일에 최선을 다하겠습니다."

이런저런 이야기를 두서없이 늘어놓았지만, 결론적으로 내가 전하고자 했던 것은 '열심히 할 것이니 나를 긍정적으로 보았으면 좋겠다는 마음'이었다. 그리고 일반 교사에서 교장이 되신 혁신의 상징인 E 교장 선생님이라면 보건교사의 혁신에도 공감해 주실 것으로 생각했다.

E 교장 선생님은 묵묵히 내 이야기를 끝까지 들어 주셨다. 그는 보건교사가 이렇게 열심히 하는 모습이 참 보기 좋다며 보건 수업에 열정을 쏟는 보건 선생님들을 잘 알고 있다고 했다. 그리고 지금처럼 계속 최선을 다하라는 긍정적인 답변을 주셨다. 나는 그의 말에서 형식적인 인사치레가 아닌 진심이 느껴졌다.

예상대로 E 교장 선생님은 권위적이지 않은 민주적인 관리자였다. E 교장 선생님이 갓 부임하셨을 때의 일이다. 정확히 기억나지 않지만, 당시 학년부장으로서 E 교장 선생님께 한 가지 제안을 한 적이 있다. 코로나19로 외부 활동이 제한되면서 교실에서 특별 수업이나 행사를 진행해야 했다. 무엇을 하면 좋을지 고민하다가 문득 새로 부임한 'E 교장 선생님'이 떠올랐다. E 교장 선생님이 부임한 지 얼마 되지 않았기에 학생들과 직접 만나는 시간이 서로에게 의미 있을 거라고 생각했다. 그래서 직접 교장실로 찾아가 조심스럽게 말을 꺼냈다.

"교장 선생님, 오신 지 얼마 되지 않으셔서 제가 한 가지 아이디어를 생각했어요. 학생들에게 의미 있는 시간이 될 것 같아서요. 제가 교실에 들어가서 먼저 학생들과 이야기를 나눈 후, 교장 선생님을 소개하면 잠시 들어오셔서 학생들에게 짧게 인사하시고, 하고 싶은 말씀을 나누신 후 나가시는 건 어떨까요? 갑자기 이런 부탁을 드려서 정말 죄송해요."

E 교장 선생님이 화를 내실 분은 아니라고 생각했지만, 바쁘시거나 불편하실 수도 있어 정중히 거절하셔도 충분히 이해할 수 있는 상황이었다. 그런데 그의 반응은 예상과 달랐다.

"그렇게 할 게 뭐가 있어. 그냥 내가 처음부터 교실에 들어가서 학생들하고 이야기도 하고, 수업까지 다 하면 되지. 나야 너무 좋지. 한 반만 하면 되는 거야? 아니면 몇 반을 할까? 말만 해 줘."

그의 답변은 놀랍도록 자연스럽고 따뜻했다. 적절한 표현인지 모르겠으나, E 교장 선생님은 교실의 학생들과 직접 만나는 것에 신이 나신 듯 보였고, 미소를 지으시며 너무나 행복해하셨다. 나는 그 모습에 깜짝 놀

해매는 중이지만 천천히 빛날 예정입니다

랐다. 무엇보다 '정말 이런 일이 가능할까?'라는 생각이 들었다. 교직 생활 동안 한 번도 경험한 적 없는 일이 또 일어난 것이다.

돌이켜 보면, 나 역시 위계와 권위에 둘러싸인 학교 조직 문화를 당연하게 받아들이며 살아왔던 것 같다. 이는 나의 경험에서 비롯된 결과였다. 내가 경험한 학교는 결코 민주적이지 않았다. 나는 매년 성과급이 최하위였다. 이는 보건교사로서 흔히 겪는 일이었지만, 특히 열심히 일했고 뚜렷한 성과를 거두었다고 생각했던 해에도 결과는 다르지 않았다.

내 성과급이 왜 그렇게 책정되었는지 궁금하여 담당 교사에게 전화하여 물어본 적이 있었다. 그런데 그 통화 내용이 어떻게 전해졌는지 학교 관리자의 귀에 들어가고 말았다. 그 일로 인해 학교 관리자는 나를 어이없고 불쾌하게 여겼고, 얼굴을 붉히며 공개적으로 험담했다는 이야기를 전해 들었다. 교사가 성과급에 대해 의문을 갖거나 질문하는 것이 금기시될 이유는 없다. 하지만 그 사건은 나를 매우 놀라게 했고, 이후로 움츠러들 수밖에 없었다. 결국 내 성과급이 어떻게 산정되었는지 끝내 알지 못했다.

이런 경험을 했던 내가 마주한 E 교장 선생님은 그야말로 큰 충격이었다. 심지어 사전에 양해조차 구하지 못한 갑작스러운 제안이었는데도, 그는 전혀 불편한 기색 없이 흔쾌히 받아들였다. '우리가 지향해야 할 민주적인 학교 관리자의 참모습이 바로 이런 것이 아닐까?'라는 생각이 들었다.

영국의 정치학자 칼 베커(Carl Becker)는 민주주의를 '여행용 가방'에 비유했다. 그 가방 속에는 사람들이 원하는 대로 어떤 내용물이든 넣을 수 있다. 여행자에 따라 가방의 내용물이 달라지듯, 학교의 민주주의가 어떻게 구성되는지는 전적으로 구성원의 몫이라는 생각이 든다. 그런 점에서 학교의 관리자와 교사의 민주주의를 바라보는 시각과 태도는 매우 중요할 것이다.

최근 간호학과 학생들을 지도하면서 그들에게 '내가 되고 싶은 리더의 모습'이 무엇인지 각자 말해 보라고 했다. 학생들이 말하는 리더의 모습으로는 '어떤 일이든 솔선수범하는 리더', '일반 간호사들이 어려움에 처하거나 힘들 때 직접 나서서 함께 도와주는 리더'가 있었다. 이렇게 글을 쓰다 보니 E 교장 선생님의 모습은 간호학과 학생들이 추구하는 리더의 모습과 닮아 있다는 생각이 든다.

실제로 E 교장 선생님이 교실에 들어가 학생들과 이야기를 나누시는 모습을 교실 창문 너머로 슬쩍 바라보았다. 그는 무척 즐거워 보였고, 학생들도 E 교장 선생님의 이야기가 재미있는지 깔깔대며 웃고 있었다.

E 교장 선생님은 스포츠 관련 이야기를 하시는 듯했는데 동작도 크고 유쾌해 보였다. 그날 이후, 나는 E 교장 선생님이 어떤 분인지 확실히 느낄 수 있었다. E 교장 선생님은 늘 그렇게 학생과 교사들 곁에서 함께 하는 분이었다.

우리는 학교 현장에서 늘 '혁신'을 외치고 혁신의 필요성을 강조한다. 나 역시 '혁신'을 좋아한다. 교육부 최종 면접에서도 나를 '혁신의 아이콘'이라고 소개했다. 보건교사의 혁신을 주도하는 사람이라고 자부했기 때문이다. 교육제도 전반에 대한 혁신이라는 목표는 늘 강조된다. 하지만 그런 거창한 목표가 아니더라도 학교라는 작은 공간에서 교장이라는 권위를 내려놓고 학생, 교사와 소통하는 민주적인 생활 태도를 보여 주는 것, 이런 작고 소소한 일상이야말로 진정한 혁신의 시작이라고 생각한다.

당시 E 교장 선생님을 통해 마주한 생활 속 일상의 '작은 혁신'은 최근 간호학과 학생들과의 소통에서도 내가 자주 강조하는 이야기다. 하지만 E 교장 선생님의 경지에 이르려면 나는 아직 멀었다는 것을 잘 안다. 때로는 마음 깊숙이 숨어 있는 '꼰대 교수의 권위'가 불쑥 올라와 스스로 부끄럽기도 하고, 이러지 말자며 다독이기도 한다. 언젠가 이러한 마음으로부터 자유로워질 수 있는 날이 오기를 꿈꾼다. 이것이야말로 내 진정한 혁신의 시작이 될 것이다.

떠날 때 떠나더라도
할 말은 해야겠습니다

우리 학교는 내 교육청 파견으로 갑작스럽게 기간제 보건교사를 채용해야 했다. 학기 중간이라는 애매한 시기였고, 코로나19가 기승을 부리던 때라 지원자가 거의 없었다. 단 한 명이 지원하였는데, 그는 한 번도 보건교사로 근무한 적이 없었다. 하지만 보건교사로 일하고자 하는 의지가 엿보였다. 학교 관리자와 다른 부장 선생님도 그를 긍정적으로 평가했고, 나 역시 마찬가지였다. 그래도 절차는 필요하기에 면접을 거쳐 그 선생님을 채용하기로 결정했다. 일이 순조롭게 진행되어 다행이라고 생각했다.

하지만 예상치 못한 문제가 발생했다. 그때는 학기 말이어서 다음 학년도 업무 분장을 준비하는 시기였다. 기간제 보건교사로 최종 결정된 선생님이 학교에 방문해 다른 선생님들과 대화를 나누던 중, 예상치 못한 이야기를 듣게 되었다. 기간제 보건교사에게 인성 업무의 일부를 맡기기로 했다는 것이다.

순간 기가 막혔다. 일단 기간제 보건 선생님을 배웅한 후, '이번 일은 그냥 넘겨서는 안 된다.'라고 마음먹었다. 다시 이야기가 오갔던 장소로 돌아가 매우 격앙된 목소리로 강하게 항의했다.

"이게 말이 되나요? 어떻게 기간제 보건 선생님께 인성 업무를 주나요? 저는 인성보건부장이었기 때문에 그 일을 한 겁니다! 말이 안 된다고 생각합니다. 절대 그냥 넘어가지 않겠습니다. 제가 떠난다고 가만히 있을 줄 알았나요?"

목소리를 높이며 강하게 항의하자, 듣고 있던 선생님도 내가 이렇게까지 화를 낼 줄은 몰랐던지 당황한 기색이 역력했다. 지금 돌아보면, 갑작스럽게 큰 목소리로 화를 낸 것이 분명 부적절했다. 그러나 여전히 당시 내가 한 말의 내용만큼은 옳았다고 생각한다.

누군가는 내게 이렇게 말했다.

"당신은 스스로 자신이 담임교사도 할 수 있고, 부장교사도 할 수 있다고 말하는 보건교사이면서 왜 다른 사람에게는 그 업무를 맡기면 안 되나요?"

그 질문에 대한 나의 답은 명확하다. 나는 스스로 원해서 부장교사가 되었다. 엄밀히 말해, 보건교사이자 특정 보직을 맡은 부장교사였다. 따라서 주어진 모든 업무는 내 책임이었고, 마땅히 감당해야 할 의무였다. 한때 학년부장의 업무에 대한 이해도를 높이기 위해 담임교사를 해 볼 필요가 있다고 D 교장 선생님께 의견을 전한 적도 있었다. 그러나 여러 업무로 인해 담임을 맡지는 못했다. 하지만 기간제 보건교사는 나와 다르다. 그는 보건교사로서의 업무를 성실히 수행하면 되는 것이다.

이 사건 이후, 난 꽤 힘든 시간을 보냈다. 차분하게 의견을 전달해야 했는데, 너무 화가 난 나머지 상대방에게 언성을 높인 것은 분명 부적절했다. E 교장 선생님도 이 일을 접하시고, 내가 화를 낸 부분은 아쉽다며 적절하지 않았다고 말씀하셨다.

반면, 다른 학교의 보건교사는 나를 지지하고 위로해 주었다.

"선생님은 어차피 교육청에 갈 사람이라서 그냥 모른 척할 수도 있었을 텐데…. 그렇게 행동한 것은 정말 대단하다고 생각해요. 나는 선생님이 정말 잘했다고 생각해요."

그 말도 이 말도 모두 맞는 것 같다. 인생에 정답이 없기 때문이다. 어쨌든 그 불같이 화를 낸 사건 이후, 다행히도 기간제 보건교사에게 맡기려던 인성 업무는 다른 교사가 담당하기로 했다는 소식을 전해 들었다. 가슴을 쓸어내렸다. 만약 내 마음 편하자고 그냥 넘어갔더라면 평생 후회로 남았을 것이다.

나는 또 한 번 내 인생의 가치와 철학을 지켜 냈다. 진정성!

'진실한 삶, 후회 없는 삶을 살자!'

괴짜 보건교사가 전하는
솔직담백 편지

가치와 철학은 삶의 원동력으로서 매우 중요하다고 생각합니다. 저마다 추구하는 가치와 철학은 다르고, 각자 나름의 의미가 있어서 모두 소중합니다. 다만, 그것은 행복한 순간보다 아프고 힘든 위기의 순간에 더 잘 드러나는 것 같습니다. 때때로 자신의 삶에서 소중한 가치와 철학이 무엇인지 생각해 보는 시간이 필요하지 않을까 싶습니다.

꿈꾸는 보건교사의
진정한 행복 찾기

"Happiness is when what you think, what you say, and what you do are in harmony." - Mahatma Gandhi

"행복은 생각, 말, 행동이 조화를 이룰 때 찾아온다." - 마하트마 간디

졌지만
잘 싸웠다

이렇게 말하면 우습지만, 우연히 시작된 자리, 즉 부장교사의 경험이 안겨 준 장학사라는 꿈은 점점 현실이 되어 갔다. 특히 D 교장 선생님과 교정에서 나눈 짧은 대화 이후, 여러 가지 생각이 들었다. D 교장 선생님의 구체적인 조언을 듣기 전까지 장학사가 되는 과정이 어떻게 이루어지는지 잘 알지도 못했고, 관련 공문조차 찾아본 적이 없었다.

하지만 그때부터 장학사 지원에 필요한 조건들을 하나씩 찾아보기 시작했다. 당시 난 장학사가 되기 위한 교육 경력이 다소 부족한 상태였다. 그래서 조급함을 내려놓고 부장교사로서 학교의 업무를 익히며 장학사가 되기 위한 준비를 탄탄히 하기로 마음을 다잡았다.

그러던 어느 날, 공문을 살펴보다가 '교육부 연구사 선발'이라는 내용을 발견했다. 그동안 나는 교육청의 장학사만을 생각해 왔기에, 더 상위

조직인 교육부는 한 번도 고려한 적이 없었다. 사실, 내가 재직 중인 학교의 전임 보건교사가 교육부 보건 연구사로 발령 나면서 공석이 생겨 내가 이 학교의 보건교사로 오게 되었다. 당시에는 그 선생님이 너무 부럽다고만 생각했을 뿐이었다.

이번 공문을 보니 선발 과목에 '보건'이 있었다. 자격 요건도 교육청 장학사 선발과 달리, 오랜 교육 경력을 요구하지 않았다. 나에게 절호의 기회가 찾아온 것이다. 이러한 절호의 기회를 그냥 흘려버릴 내가 아니었다. 공문을 보자마자 무조건 도전해 봐야겠다고 결심했다.

퇴근 후, 남편을 만나자마자 반가운 마음에 이 사실을 알렸다. 그는 열심히 해 보라는 응원의 말을 건넸지만, 합격할 경우 교육부 청사가 있는 세종으로 가야 한다는 사실에 걱정스러운 눈치였다. 돌이켜 보면, 나는 참 무모하고 생각 없이 도전하는 사람이었다.

당시 난 세 아이의 엄마이자 워킹맘이었다. 남편은 근무지를 마음대로 옮기기 어려운 공직자였고, 우리 아이들을 돌봐 주시는 친정어머니가 같은 동네에 가까이 계셨다. 나에게는 지금의 환경이 가장 최적이라는 걸 누구보다 잘 알고 있었다. 그런데도 갑자기 교육부에 가겠다고 선언하니 남편과 친정어머니 모두 겉으로는 열심히 해 보라고 응원해 주었지만, 내심 걱정이 많은 것은 자명한 일이었다.

그렇게 또다시 무모한 도전을 감행했다. 1차 서류 전형은 특별한 문제가 없다면 누구나 무난히 통과할 수 있을 거로 생각했다. 진짜 문제는 2차 시험이었다. 2차 시험에서는 3배수의 인원을 선발하는데, 대부분의 연구사 선발은 과목당 한 명만 뽑기 때문에 적어도 3위 안에 들어야 했다.

시험 방식은 서술형 문서 몇 장과 함께 특정 수치를 보여 주는 그래프 등을 주며, 일정 시간 내에 표 등을 활용해 개조식 문장으로 가독성 높은 공문 형식의 문서를 작성하는 것이었다. 교사로 재직하면서 공문서와 계획서를 수없이 작성해 왔지만, 그것을 시험으로 치른다는 것은 전혀 다른 차원의 문제였다.

서류 전형 결과가 발표되었고, 예상대로 무난히 1차를 통과했다. 이후 D 교장 선생님을 만났는데, 그는 갑자기 2차 시험 준비 계획이 있느냐고 물으셨다. 솔직히 특별한 계획이 없어서 머뭇거릴 수밖에 없었다.

그때 D 교장 선생님은 인근 학교에 교육부 출신 교장 선생님이 계신다고 알려 주셨다. 그러면서 새로운 도전을 할 때는 '배짱'이 필요하다고 강조하셨다. 한 번도 뵌 적 없는 분이지만, 배짱을 가지고 연락해서 찾아가 보라는 것이었다. 교육부 연구사 시험은 교육부가 선호하는 문서 작성 유형을 파악하고 그 방향에 맞춰 준비하는 것이 유리하기 때문에, 교육부 출신에게 직접 배우는 게 가장 효과적이라는 조언도 덧붙이셨다.

D 교장 선생님의 말씀에 깊이 공감했고, 지금이야말로 그 '배짱'을 발휘할 타이밍이라고 생각했다. 보건실로 돌아오자마자, 일면식도 없는

교육부 출신 교장 선생님께 전화를 걸었다.

"안녕하세요. 교장 선생님, 저는 현재 교육부 보건 연구사에 지원한 ○○ 중학교 김주희입니다. 저희 교장 선생님의 조언을 듣고 연락드렸습니다."

그리고 주저하지 않고, "꼭 한번 찾아뵙고 싶습니다."라고 단도직입적으로 말씀드렸다. 다행히 D 교장 선생님이 강조한 배짱이 통했다. 교육부 출신 교장 선생님은 흔쾌히 "오늘 중이라도 학교로 오세요. 시간이 많진 않지만, 잠깐은 볼 수 있을 것 같아요."라고 답해 주셨다.

그날, 떨리는 마음으로 그 학교를 찾았다. 긴 대화를 나눈 것은 아니어서 구체적인 내용이 모두 기억나지는 않는다. 교장 선생님은 조용하면서도 강단 있는 인상이었다. 미리 궁금한 내용을 말씀드렸던 터라 교장 선생님은 교육부 홈페이지 등에서 확인할 수 있는 실제 문서들을 예시로 보여 주시며, 교육부가 선호하는 문서 형식과 작성 방식의 핵심을 짚어 설명해 주셨다.

앞서 이야기했듯, 나는 무에서 유를 창조하는 능력은 부족하지만 벤치마킹은 잘하는 편이다. 그래서인지 교육부 출신 교장 선생님의 짧지만 임팩트 있는 강의를 듣고 나서 시험을 어떻게 준비해야 할지 금세 감을 잡을 수 있었다.

　그날 이후, 교육부 시험을 보기 전까지 밤낮으로 비슷한 형태의 문서들을 계속 작성했다. 사실, 나는 타자 속도가 빠른 것 외에는 문서 작업에 특별한 능력을 갖춘 편이 아니었다. 하지만 반복과 노력은 모든 한계를 뛰어넘는 마법 같은 힘을 지녔다. 남편이 한글 문서 작성 시 사용하는 단축키와 각종 기능을 알려 주었고, 그중 자주 쓰이는 기능들을 모두 익혔다. 시험에서는 빠른 작업 속도가 중요했기 때문이다. 나는 실제 시험을 치르는 것처럼 조건을 맞추어 밤낮으로 문서를 작성하며 계속 연습했다.

　최종적으로 내가 만든 문서를 교육부 출신 교장 선생님께 보내 피드백을 받았다. 다행히 피드백은 긍정적이었다. 약간의 수정 사항만 알려 주셨고, 짧은 시간 안에 잘 습득했다는 평가를 들었다. 내가 단기간에 효과적으로 시험을 준비할 수 있었던 것은 모두 D 교장 선생님의 지혜 덕분이었다.

　이렇게 열심히 준비한 끝에 교육부 2차 시험을 무사히 치를 수 있었다. 매우 떨렸지만, 평소 연습한 대로 실수 없이 무난하게 잘 본 것 같았다. 그러나 결과는 누구도 알 수 없는 법이기에 절대 낙관하지 않았다. 다만, 모든 노력을 다했으니 만약 떨어지더라도 낙심하지 말자고 스스로 다짐했다.

그렇게 시간이 흘러, 어느덧 교육부 연구사 최종 면접 대상자 발표일이 다가왔다. 학생들이 모두 귀가한 오후, 조용한 학교 보건실에서 초조한 마음으로 발표를 기다렸다. 드디어 발표 시간이 되었다. 교육부 홈페이지에 최종 면접 대상자 명단이 공개되었고, 나는 반신반의하는 마음으로 떨리는 손끝에 힘을 주며 클릭했다. 그 순간! '보건'이라는 글자 아래 세 개의 수험번호 중 한가운데에 내 수험번호가 또렷이 보였다. 믿기지 않았다. 교육부 연구사 선발시험에서 1차와 2차를 모두 통과해 최종 면접 대상자가 되다니! 마치 꿈꾸는 듯했다.

순간 그동안의 노력과 마음고생이 떠올라 눈물이 쏟아졌다. 감정을 추스를 새도 없이 미친 듯이 교장실로 달려가 D 교장 선생님께 기쁜 소식을 전했다. 어떻게 그렇게 빛의 속도로 계단을 오르고, 문을 열었는지조차 기억나지 않았다. 최종 면접자로 올라갈 수 있었던 것은 온전히 D 교장 선생님의 조언과 격려 덕분이라는 생각뿐이었다.

내 소식을 들으신 D 교장 선생님은 환한 미소로 악수를 청하며 진심으로 기뻐해 주셨다. "너무 잘됐어! 축하해!"라는 따뜻한 축하와 함께 "이제 어서 퇴근해서 가족들하고 기뻐해."라고 유쾌한 농담도 건네셨다. 평소 매우 진지한 성격이면서도 유머를 잃지 않는 D 교장 선생님의 따뜻한 격려는 그날의 기쁨을 더욱 특별하게 만들어 주었다.

그때 나와 D 교장 선생님이 함께 기뻐하는 장면에서 인상적인 명장면 하나가 떠올랐다. 2002년 월드컵 축구 경기에서 박지성 선수가 감격의 골을 넣고 기쁨에 차 히딩크 감독을 향해 달려가서 안기던 그 모습이었다. 지금도 그 장면은 많은 이들에 의해 히딩크 감독의 리더십과 함께 긍정적으로 회자되고 있다.

나는 박지성 선수가 그 행동을 한 이유를 이제야 알게 된 것 같았다. 무의식적으로 D 교장 선생님에게 나의 승리 소식을 전하러 달려갔던 것이다. 그는 단순히 학교의 장이 아니라, 내게는 '최고의 리더'였기 때문이다. 항상 나에게 비전과 목표를 제시하고, 나를 끊임없이 성장하고 발전하도록 도와주는 그러한 리더였기에 그 순간의 기쁨은 더 특별하게 다가왔다.

그렇게 교육부 최종 면접을 보게 되었다. 면접 전에 D 교장 선생님은 내게 중요한 조언을 해 주셨다.

"면접에서 중요한 것은 '스토리'와 '관심'이야."

다시 말해, 지원자는 면접관들이 '관심을 가질 수 있는 스토리'를 가지고 있어야 한다는 것이다. 이는 면접관들이 나를 궁금해할수록 면접 결과가 긍정적일 가능성이 크다는 의미였다. 그 말을 듣고 '나는 과연 어떤 사람일까?'라고 곰곰이 생각해 봤다. 나에 대해서는 잘 모르겠지만, '보건교사 김주희로서의 스토리는 정말 무궁무진하다.'라고 생각했다.

실제로 면접장에서 어떤 질문을 받았는지 잘 기억나지 않지만, '학교에 근무하면서 기억에 남는 일'에 관한 질문을 받았을 때, 나는 D 교장 선생님을 언급했다.

"저는 현재 근무하는 학교의 교장 선생님을 말씀드리고 싶습니다. 저는 학교에 근무하면서 변화를 두려워하지 않고 혁신을 추구했습니다. 교장 선생님께서는 보건교사라도 의지가 있다면 누구든지 학년부장, 정보부장 등 다양한 역할을 맡을 수 있다고 말씀하셨고, 실제로 저에게 그 기회를 주셨습니다. 이러한 기회 자체가 혁신의 시작이라고 생각하며, 말에 그치지 않고 현재 학교에서 그러한 혁신을 실천하고 있습니다."

구체적인 답변 내용은 잘 기억나지 않지만, 대략 이런 말을 했다. 왜 그런 말을 했는지는 잘 모르겠지만, 솔직히 심사위원이 기대한 답변은 아니었을 것이다. 그럼에도 불구하고 그것은 아마 내가 세상을 향해 진심으로 외치고 싶었던 이야기였던 것 같다.

교육부 연구사의 경우, 최종 면접을 거쳐 최종 합격자로 선정되면 마지막 절차가 있었다. 예고 없이 교육부 관계자가 학교 관리자에게 방문하거나 무작위로 교직원들에게 전화를 걸어 최종 합격자의 평판을 확인한다고 했다. 나와 D 교장 선생님은 이런 일이 우리 학교에서 일어나기를 하염없이 기다렸고, 가끔 복도에서 마주치면 D 교장 선생님은 "무슨 전화 없었어? 왜 안 오지?"라며 농담 반 진담 반으로 말씀하셨다.

하지만 끝내 아무 소식이 없었다. E 교장 선생님을 비롯한 일부 선생님들은 적절한 연령대와 보건교사로서 다양한 업무 수행 등 여러 면에서 내가 교육부 연구사로 유력하다고 생각했다. 나도 그런 생각을 했다. 하지만 나중에 알게 된 사실은 교육부에서 파견 근무를 했던, 나보다 더 유력한 교사가 있었다는 것이다.

결국 나는 최종 면접에서 아쉽게 쓰디쓴 고배를 마셨다. 최종 불합격을 알게 된 날, 나는 학교 보건실에서 펑펑 울었다. 그동안 노력하고 애썼던 많은 날이 눈앞에 파노라마처럼 스쳐 갔다. 그리고 따뜻하지만 냉철한 진로부장님을 찾아가서 한참을 또 서럽게 울었다. 그날은 비가 많이 내렸고, 마치 내 눈물이 하늘에서 쏟아지는 것 같은 기분이었다. 하늘도 내 마음을 알았던 걸까. 진로부장님은 나를 진심으로 위로하며 "오히려 잘된 거지."라고 말씀하셨다.

사실 그 말이 맞았다. 만약 내가 합격했다 하더라도 과연 행복했을까 싶었다. 남편과는 어떻게 지내고, 아이들을 어떻게 돌볼지 막막한 상황이었다. 우스갯소리지만, 교육부 최종 면접 날, 남편은 내가 당연히 합격할 거라고 예상하며 교육부 인근 아파트를 검색하고 집을 어떻게 마련할지 고민했다고 했다.

비록 최종 합격은 하지 못했지만, 할 수 있는 모든 것을 쏟아부었기에 후회와 미련은 없었다. 언제나 그렇듯 교육부 최종 불합격은 나를 위한 하늘의 큰 그림이었을 것으로 생각했다. 그 후 몇 주 정도는 힘들었지만, 잘 털어 냈다. 이렇게 교육부 연구사를 향한 고군분투 도전기는 끝을 맺었다.

"졌지만 잘 싸웠다! 김주희!"

"We must accept finite disappointment, but never lose infinite hope."

- Martin Luther King Jr.

"우리는 유한한 실망을 받아들여야 하지만 무한한 희망은 결코 잃지 말아야 한다."

- 마틴 루터 킹

결코 포기하지 않는
괴짜 보건교사

난 교육부 연구사의 고배를 마셨다. 하지만 모든 것이 끝난 것은 아니었다. 교육청 장학사를 향해서 원래 하던 대로 달려갔다. 코로나19로 인해 보건교사 업무로도 너무 힘들었고, 정보부장에 학년부장까지 하느라 업무에 허덕였지만, 그 누구도 탓할 수 없었다. 이렇게 된 것은 모두 내 의지와 선택의 결과였기 때문이다. 그나마 다행인 것은 시간이 흐르고 흘러 어느덧 2학기 말이 가까워지고 있다는 것이었다. 솔직히 말하면, 그저 조금만 더 버티자는 심경으로 업무에 임했다.

당시 교육청에는 코로나19 대응을 위한 임시 조직으로써 전담(TF, Task Force)팀이 있었다. 코로나19로 학교 현장 등 여러 가지 상황이 매우 급박하게 돌아가다 보니 교육청에서 결성한 팀이었다. 한 명의 팀장과 현직 보건교사 두 명으로 긴급히 구성되었다.

당시 교육청에는 이 팀 외에도 내가 파견 교사로 지원할 수 있는 또 다른 부서가 있었다. 성교육 등 성(性)과 관련된 업무를 하던 부서였다. 일단 짚고 넘어가자면, 나는 이 팀에 들어가려고 지원했다가 이미 탈락한 상태였다. 교육청에서 파견 교사로 일하다가 정식으로 장학사 시험에 합격하는 사례가 일부 있었다. 따라서 파견 교사가 된다는 것은 장학사가 되기 전, 실전에 뛰어들어 업무를 배울 좋은 기회이기도 했다.

그러던 어느 날, 코로나19 전담팀의 팀장에게서 전화가 걸려 왔다. 이전에도 교육청 파견에 대해 몇 번 이야기한 적이 있었지만, 이번에는 상황이 달랐다. 코로나19로 인한 상황이 더욱 심각해져 교육청에서는 시급히 파견 교사가 필요했다. 파견 교사를 저정하여 공문을 내려야 할 정도로 상황이 급박하다며, 내게 파견 교사로 갈 의향이 있냐고 물었다. 나의 의지와 선택만 있다면 갈 수 있는 상황이었다.

그렇게 나는 갑작스럽게 교육청의 파견 교사로 가게 되었다. 당시 코로나19로 인한 확진자 발생 등 학교의 혼란이 극심하여 교육청에서는 내년 3월이 아닌 1월 1일 자로 발령 냈다. 학교의 업무는 통상 학기 단위로 이루어지기 때문에, 1월 파견은 일반적이지 않았다. 그렇다 보니 학기를 마치지 않고 파견하는 일은 당연히 거의 없었다.

따라서 부장교사로서의 업무 마무리가 어렵다고 예상했다. 난 같은 해 1학기에도 의도한 것은 아니지만, 교육부에 합격할 것 같은 기대감을

헤매는 중이지만 진심히 빛날 예정입니다

불러일으켰던 장본인이었다. 그로 인해 우리 학교의 관리자들은 내가 떠나면 누가 대신 부장을 맡을지, 업무는 어떻게 나눌지 잠시 고민했다고 들었다. 그런데 같은 해, 그것도 얼마 지나지 않아 또다시 이런 상황을 만든 것이다.

나로서는 그저 후련하게 떠나기에는 마음이 너무 불편하고 힘들었다. 난 이타적인 사람은 아니지만, 누군가에게 불편 혹은 폐를 끼치는 것을 극도로 경계하는 성격이었다. 그래서 어떤 상황이 생겨도 내 할 일은 반드시 내가 해야 한다고 여겼고, 조금 고지식한 면도 있었다. 물론 몹시 어려운 상황에서는 늘 번뜩이는 생각으로 누군가에게 도움을 요청하는 융통성은 있었다. 하지만 이것은 지금까지의 상황과는 다른 차원으로 느껴졌다. 내가 해야 할 일을 일부 남겨 둔 채 누군가에게 전가하고 떠나는 느낌을 지울 수 없었다. 그래서 괴로웠다.

교육청 파견과 나의 업무 마무리 등에 대하여 고민을 나누고자 E 교장 선생님을 찾아갔다. 그는 다른 무엇보다도 내 의지와 마음이 중요하다고 생각하시는 것 같았다. 직설적으로 내게 물으셨다.

"그럼 김주희 부장은 교육청 파견을 원하는 거지?"

난 그렇다고 대답했고, E 교장 선생님은 아주 쿨하게 결론을 내리셨다.

"가고 싶으면 가면 되는 거지. 업무에 관해서는 걱정하지 마. 그런 일들은 다 해결되게 되어 있어. 그렇게 알고 공문 오면 내가 승인할게. 교육청 가서 열심히 해 봐. 잘되었네. 가서 잘 준비해."

E 교장 선생님의 명쾌한 결론에도 괴롭고 송구한 마음은 계속 남았다. 정보부장의 주요 업무 중 학기 초 교사 권한 배부와 여러 업무 계획, 연수 등은 정리가 된 상태였다. 그리고 기기와 관련한 실무 업무는 우리 부서의 선생님이 담당하고 있어서 어느 정도는 해결된 상태였다. 하지만 학년부장의 업무는 각 반에 학기 초 배부했던 서류 목록들과 관련하여 학교생활기록부, 출결 등 학기 말의 마무리가 중요하다고 생각했다. 그래서 아주 찜찜한 기분이 들었다.

그런데, 이것을 불행 중 다행이라고 해야 할지 모르겠다. 우리 학년 담임 선생님 중에서는 아주 유능한 교사가 있었는데, 교무부의 유능한 재원이었다. 그는 내가 학교를 떠난 후, 다음 해 바로 연구부장이 되었고, 그다음 학기인가 다음 해에는 교무부장이 되었다. 이미 우리 학교의 대다수 교사는 그의 능력을 익히 알았다.

사실 학기 초, 초보 학년부장인 내가 이런 능력자 담임교사를 이끌어야 한다니 자신감도 떨어지고, 매우 부담스러웠다. 나보다 업무를 더 잘 알 텐데, 실수라도 하면 어쩌나 늘 조바심을 느꼈다. 실제로 보건실에서 학년 회의를 진행하기 전에 회의 자료를 준비하면서 많이 떨기도 했다.

D 교장 선생님은 이런 내 마음을 꿰뚫어 보고 계셨던 걸까? 학기가 시작되기 전, 내게 이렇게 말씀하셨다.

"학년부장을 그렇게 어렵게 생각할 필요가 없어. 담임 선생님들이 일하기 좋게 지원해 주고 도와주는 사람이라고 생각하면 되는 거야. 잘해 봐."

D 교장 선생님의 이런 이야기는 초보 학년부장인 내게 큰 힘과 위로가 되었다. 우리 학년 담임 선생님들을 대할 때마다 나에겐 처음 하는 업무여서 어려운 점도 많았다. 그래서 이런 내 마음을 담임 선생님들에게 그대로 보여 주었다.

"제가 학년부장이 처음이라서 잘 모르는 부분도 많지만, 계속 배우고 또 여쭙기도 할게요. 선생님들께서 필요하신 게 있거나 건의할 것이 있으시면 항상 소통해 주세요. 제가 많이 도와드릴게요."

학기 초, 교실 정비에 있어서 어려움은 없는지 꼼꼼히 살펴서 진심으로 도와주고자 애썼다. 실제로 어느 담임 선생님은 이렇게 애쓰는 내가 안쓰럽다며 "부장님만큼 열심히 하는 학년부장이 어디 있나요."라고 말했다. 그 말을 듣고 눈물겹게 고마웠다.

사실, 이 모든 것들은 학기 시작 전 D 교장 선생님의 코치가 있어서 가능한 일이었다. 그는 나와 함께 학년 교실을 둘러보며 교실 환경 정비와 관련해 학년부장의 역할을 세세히 설명해 주었다. 난 당연히 깊이 새겨 듣고, 개학 후에는 최대한 D 교장 선생님의 지도대로 하려고 노력했다.

그 능력자 담임 선생님은 학년부장인 내게 많은 도움을 주었지만, 때때로 학년 회의에서 예리한 눈으로 여러 가지 요구 사항과 불만을 제시하기도 했다. 그런 순간에는 가끔 두렵고 마음에 상처가 되어 힘들기도 했지만, 그것은 내가 감수해야 할 과정이었다. 내 감정과 공적인 역할을 철저히 구분해야 했다.

생활지도, 민원 대응, 체험 학습 계획 등 여러 가지 활동을 총괄하면서 많은 것을 배웠다. 담임 선생님들과 가까이에서 함께 일하며 그들의 고충을 알게 되었고, 담임의 역할이 무엇인지 조금이나마 이해하게 되었다. 교사들이 담임 업무를 힘들어하는 이유를 충분히 공감할 수 있었다.

결론적으로 난 결코 그 능력자 선생님을 사적으로 미워하거나 싫어한 적이 없었다. 그는 내가 추구하는 아주 바람직한 교사였기 때문이다. 심지어 교육청에서 근무하면서 그 선생님이 부장교사가 되었다는 소식에 드디어 올 것이 왔단 생각으로 뿌듯했다. 심지어 미래에 그가 학교 관리자가 되기를 마음속으로 바랄 정도였다. 내가 본 그는 필요한 말과 중요한 말을 어느 상황이라도 할 줄 아는 의사소통 능력을 지녔고, 누군가 도움이 필요하면 직접 찾아가서 도와줄 수 있는 인성과 업무 능력을 가졌다.

세계적인 사회심리학자이자 하버드 경영대학원 교수 에이미 코디(Amy Cuddy)에 따르면, 인간이 타인을 평가할 때 2가지 기준은 바로 능력(Competence)과 따뜻함(Warmth)이다. 능력과 따뜻함을 모두 갖춘 사람은 조직에서 존경의 대상이 된다고 했다. 하지만 따뜻함이 결여되고 유능함만이 존재한다면, 위협감을 느껴 질투의 대상이 될 수 있다. 나는 그 선생님을 존경하면서도 내심 부러워했다.

하지만 이번 교육청 파견으로 그 선생님에게 빚을 지게 되었다. 마지막 업무 처리를 위해서 그가 있는 교무실에 단둘이 남았을 때, 형식적인 인사처럼 "선생님, 죄송해요. 도와주셔서 정말 감사해요."라는 말을 건넸다. 짧고 단순한 말이었지만, 그 안에는 나의 진심과 복잡한 감정들이 담겨 있었다. 그 선생님의 모습을 떠올려 보니, 지금은 또 어느 학교나 교육청에서 특유의 열정과 능력을 뿜어내고 있을지 문득 궁금하다.

그렇게 다음 해 1월, 나는 학교의 보건교사에서 교육청의 코로나19 전담팀의 파견 교사로 자리를 옮겼다. 오랫동안 소원하던 교육청에서 업무를 시작하게 되었으니, 이제 모든 일이 순탄하게 흘러가리라 믿었다. 그러나 내 이야기는 그렇게 해피엔딩으로 마치지 못했다. 물론 결과적으로 슬픈 결말은 아닌 것으로 생각된다. 하지만 끝날 듯 끝나지 않는 드라마와 같이 또 하나의 특별한 이야기가 나를 기다리고 있었다.

코로나19에 맞선
해결사

나의 포부는 이랬다. 교육청에 들어가면 열심히 업무를 배울 것이다. 지난 몇 년간 좋은 학교 관리자들을 만나 폭풍 성장해 온 것처럼, 교육청에 와서도 무럭무럭 자라나고 싶었다. '나만 열심히 하면 그러한 결과는 당연히 따라올 것이다.'라는 순진한 생각을 품고 있었다. 교육청에 들어간 첫날, 나는 사람들에게 첫인사로 자기소개를 하며 "성장하는 교사가 될 것"이라고 말했다.

코로나19 전담팀의 업무는 내가 예상했던 것과는 조금 달랐다. 주로 장학사 업무로서 공문 작성이나 기획을 할 것으로 생각했으나, 주로 학교 현장에 나가서 하는 일이 주를 이루었다. 코로나19 확진자가 발생한 학교에 신속하게 방문하여 보건소와 협업해 전교생과 교직원들의 코로나 검사를 돕는 일이 주를 이뤘다.

검사를 효율적으로 진행하려면 업무 담당자와 검사를 받는 사람들의 동선도 잘 조정해야 했다. 보건소의 지원 인력이 왔을 때, 책상의 위치나 대기 장소를 어떻게 마련할지 같은 세세한 부분부터 큰 그림까지 신경 써야 했다. 쉽지 않은 업무였지만, 계속하다 보니 점점 업무 감각이 생기고 자신감도 조금씩 차올랐다.

무엇보다도 코로나19 업무가 모든 학교에 상당히 부담이라는 점을 우리 팀원들은 너무 잘 알고 있었다. 우리 팀은 모두 보건교사였다. 내가 전담팀에 합류했을 당시 이미 작년부터 근무하던 두 명의 보건교사가 있었고, 나를 포함한 두 명은 올해 팀에 새로 들어온 상태였다.

우리는 학교 현장에 나가 코로나19 관련 행정과 실질적인 업무에 큰 도움이 되고자 애썼다. 그리고 다수의 학교가 궁금해하거나 어려워하는 코로나19 전반적인 업무 처리를 도와주는 안내자 역할을 했다. 이 점에서 우리는 큰 보람과 사명감을 느꼈다. 실제로 많은 보건 선생님과 학교 관리자, 그곳에서 만났던 선생님들은 우리가 떠날 때마다 한결같이 "정말 감사합니다. 선생님들 덕분입니다."라는 진심 어린 인사를 건넸다. 그들의 진심은 우리에게 고스란히 전해졌다. 이는 우리의 힘듦도 한번에 녹이는 강력함을 가졌다. 추운 날씨에 오랜 시간 서 있거나 때로는 식사도 거른 채 일했지만, 사명감과 보람, 긍지를 느끼며 행복했다.

그토록 목표로 하던 '보건교사에 대한 인식 개선'에도 우리의 일은 크게 일조했다고 생각했다. 우리 팀은 확진자 발생 학교를 찾아가면 가장 먼저 교감 선생님, 교장 선생님 그리고 교무부장님 등과 회의를 진행했다. 이 회의에서 코로나19로 인한 여러 혼란과 어려움을 경청하며 이를 신속하고 효과적으로 해결할 방안을 마련하는 데 주력했다. 몸이 지치고 힘들었지만, '우리가 보건교사다! 우리가 코로나19 해결사다!'라는 마음으로 그렇게 잘 헤쳐 나갔다. 서로를 격려하며 앞으로도 그렇게 해 나가자고 다짐했다.

우리는 교육청 내에서 코로나19와 관련된 행정 업무도 많이 수행했다. 기본적인 공문서 작성 외에도 각 학교에 배부할 카드뉴스 등 홍보와 교육 자료를 만들었다. 그중에서도 특히 기억에 남는 것은 코로나19 관련 영상을 제작했던 일이다. 당시 인기 드라마 〈경이로운 소문〉을 패러디하여 세부적인 이야기와 전반적인 연출을 담당했다. 그 후 영상 제작 업체의 협조를 받아 최종 영상물이 완성되었다. 물론 지금도 해당 영상은 쉽게 찾아볼 수 있다.

촬영을 위하여 어느 학교의 관리자에게 직접 전화해 촬영 장소를 섭외했다. 우리 팀원들은 해당 촬영지에서 출연 배우들과 PD, 카메라맨 등 영상 제작 관계자들과 함께 처음부터 끝까지 하루 종일 촬영했다. 추운 날씨 속에서 모두 힘들었지만, 번뜩이는 아이디어와 창의성을 요구하는 색다른 작업이 교사로서 경험할 수 없는 일이어서 흥미롭고 의미 있었다. 글을 쓰다 보니 그 촬영지에서의 추억이 새록새록 떠오르며 살짝 웃음이 나기도 한다.

당시 나는 코로나19에 관련된 다양한 글을 작성했다. 완성된 글을 동료들에게 보여 주니, 그들은 내가 그렇게 짧은 시간에 글을 잘 쓴다는 것에 놀랐다. 아마 그 시점부터 나의 글쓰기 능력을 인정받기 시작한 것 같다. 그때부터 내가 진정 글쓰기에 소질이 있다고 생각했다. 작가를 해야 하는 것이 아닌지 문득 생각나서 가끔 동료에게 농담을 던지기도 했다. 전혀 예상치 못한 상황에서 글쓰기 소질이 발견되었고, 글을 더 많이 쓸수록 능력이 개발되었다.

이쯤에서 내 파견 동기, 아니, 동지를 소개해야겠다. 그는 나보다 교육 경력이 많고, 배울 점이 무한대로 많았던 매력적인 보건교사였다. 그동안 나는 학교에서 다양한 업무를 하면서도 업무를 신속하고 정확하게 처리한다고 자부했지만, 주요 업무와 문서 등을 순차적으로 정리하는 생각은 하지 못했다. 그러나 내 파견 동지는 그 일을 완벽하게 해내는 사람이었고, 그가 보건교사의 코로나19 관련 업무를 모두 정리하여 하나의 파일로 정리해둔 모습을 보고 큰 감명을 받았다. 그는 업무 처리에 있어 탁월한 능력을 보여 줬고, 나는 그를 본받아야겠다고 생각했다. 물론 그 역시 나의 공문서 작성 능력을 보고 때때로 감탄했다.

어려운 시기였지만, 이런 든든한 동지가 있어 정말 감사했다. 우리는 서로의 부족한 부분을 잘 보완하며 서로에게 지지와 위로가 되는 존재였다. 환상의 파트너이자 완벽한 조합이 되어, 우리는 코로나19 확진자가 발생한 학교 곳곳을 누비고 다니며 코로나19와 맞섰다.

"당신이 그런 순간에 쓰러지지 않도록
간절히 마음을 담아
모든 날에 모든 순간에 위로를 보낸다."

- 글배우의 『모든 날에 모든 순간에 위로를 보낸다』 中

그때는 옳고
지금은 행복하다

교육청의 코로나19 전담(TF)팀은 그 능력과 필요성을 인정받아, 장기화하는 코로나19에 대비하기 위해 그해 3월에 정식 팀으로 출범했다. 교육청에는 지금까지 보건교사로만 구성된 정규 조직이 없었기에, 이는 가히 역사적인 팀이자 큰 업적임이 분명했다. 비록 뒤늦게 합류해 내가 이룬 업적은 아니었지만, 보건교사로서 큰 자부심을 느꼈고 매우 기뻤다. 정식 팀이 된 이후에도 우리 보건교사들은 서로 도와 가며 팀을 잘 이끌어 가려고 노력했다. 신규 보건교사였던 한 팀원은 신규답지 않은 노련미가 느껴질 정도로 능력 있고 성실한 인재였다.

그러나 이렇게 완벽에 가까운 우리 팀은 안타깝게도 순탄하게 흘러가지 못했다. 나는 우리 팀의 경직되고 비합리적인 조직 문화에 점차 스트레스를 느끼기 시작했고, 심한 소진을 경험했다. 그간 학교에서 배우고 경험했던 소통과 논의, 합리적인 대안 마련은 우리 팀 내에서는 잘 이루어지지 않는다는 것을 실감했다. 우리 팀원들은 모두 정식 팀이 된 만큼 이전보다 더 효과적이고 효율적으로 운영되기를 바랐으나, 기대는 현실로 이어지지 않았다.

어느 날부터 업무에 집중하기 힘들어졌고, 정신이 멍해지거나 눈물 나는 날들이 많아졌다. 나의 파견 동지는 이렇게 달라진 나를 안쓰러워했고, 점점 의욕을 잃어 가는 동료를 보는 것이 그에게는 힘든 일이었던 것 같다. 그는 지금까지 내가 경험한 모든 사람 중에서 가장 정의롭고 용감한 사람이었다. 내가 교육청에서 몇 달을 더 버틸 수 있었던 건 그가 내 곁에 있었기 때문이다.

하지만 나는 점점 달라졌다. 더 이상 예전의 김주희가 아니었다. 내 의견을 적극적으로 제시하지도 않았고, 자발적으로 일을 찾아서 더 열심히 하려는 의욕도 사라졌다. 그저 주어지는 일은 하되 시키는 일은 기본적인 수준에서 처리하면 된다고 여겼다.

특히 말하지 않는 것이 최선이라고 생각했다. 내 말과 행동이 정당하더라도 불미스러운 일이 될까 두려워 무조건 회피하고 싶었다. 마치 잔뜩 겁을 먹고 움츠러든 사람처럼, 나약하고 초라하게 느껴졌다. 내 모습은 불과 몇 달 사이 완전히 달라졌다. 어느 날 갑자기 나의 성장이 멈춘 기분이었다. 무엇보다 진정한 내 모습을 잃어 가는 현 상태를 가장 심각한 문제로 받아들였다.

그러던 어느 날, 씩씩하고 용감하며 정의감이 불타던 나의 동지는 더는 일할 수 없게 되었다. 갑작스럽고 순식간에 발생한 불미스러운 일은 나 역시 감당하기 힘들었다. 그는 더 이상 일할 수 없을 정도로 아팠다. 아마도 그는 아무리 노력하고 애써도 현재의 모순과 부당한 상황을 해결할 수 없는 현실을 결코 받아들일 수 없었던 것 같다. 그러한 심리 상태가 결국 질병을 일으킨 것으로 추측할 뿐이었다.

그렇게 나의 동지는 'STOP'을 선언했다. 보건교사로 재직하는 동안 휴직 한 번 없이 쉼 없이 일했고, 보건교사가 천직이라며 아이들만 보면 너무 예쁘다던 그가 멈춤을 택했다. 그것은 그의 선택이라기보다는 사실상 병원에서 진료를 받은 결과, 쉬어야만 하는 것이었다.

너무 갑작스럽게 여러 가지 일이 일어나 혼란스러웠다. 그리고 이제는 파견 동지가 없는 상황에서 일해야 한다는 현실에 불안과 두려움을 느꼈다. 몇 달 전부터 힘든 상황을 타개하기 위해서 우리 학교의 E 교장 선생님에게도 종종 연락드렸다. 그는 언제나 나의 SOS를 외면하지 않고 도움을 주셨다. 교육청에 있는 장학사님 등과 소통하도록 도와주셨고, 문제를 해결할 수 있도록 최선을 다하셨다.

그럼에도 불구하고 나는 이 상황을 극복하기 어려웠다. 전문가의 소견에 따르면, 이것은 극복하거나 버텨야 할 문제가 아니었다. 교육청에 들어간 후 원하는 목표를 달성하여 우리 학교에 멋지게 나타나고 싶었지만, 그럴 수 없어서 E 교장 선생님께 너무 죄송하고 면목이 없었다.

우선 병가를 내고 고민했다. 하지만 교육청은 긴박한 업무 관계로 오랜 공백을 허용하지 않았다. 나는 신속하게 교육청에 남을지 아니면 학교로 돌아갈지 결정해야 했다. 어느 보건 선생님은 내게 "선생님, 꼭 교육청으로 돌아가세요. 힘들더라도 열심히 해서 선생님 같은 사람이 장학사가 되어야죠."라고 말했다. 정말 감사했지만, 솔직히 자신 없었다.

난 그렇게 강하거나 인내심이 많은 사람이 아니었다. 결국 본연의 나로 살아가는 것이 가장 행복할 거라 믿었다. 그래서 내가 목표로 했던 성공이나 일보다 '나 자신'을 선택했다. 마침내 나는 교육청을 떠나기로 결심했다.

교육청을 떠난 후, 나와 파견 동지는 우리가 무엇을 어떻게 하는 것이 옳은지 깊이 고민했다. 신기할 만큼 우리의 마음은 같았다. 우리가 겪은 부당함을 그냥 넘기는 것은 순리가 아니라고 생각했고, 그냥 넘어가지 않기로 마음먹었다. 그래서 정당한 원칙과 절차에 따라 우리가 할 수 있는 모든 일을 실행하기 시작했다. 이 일은 단순히 누군가를 향한 분노의 표출이 아니었음은 분명했다. 우리 자신에게 떳떳해지고 싶었고, 그렇게 하는 것이 옳다고 굳게 믿었다.

지금 생각해 보면, 그렇게 힘든 상황 속에서 어떻게 그렇게 이성적이고 냉철한 행동을 할 수 있었는지 놀랍기만 하다. 분명한 것은 만약 혼자였다면 해낼 수 없었을 일이라는 것이다. 우리가 함께였기에 가능했다.

이후, 나의 파견 동지는 오랜 시간 병원 치료를 받으며 쉼에 들어갔다. 나 역시 의사의 진료 소견에 따라 몇 개월 동안 쉬기로 했다. 쉼 없이 달리던 내가 오랜만에 멈추고 쉬는 선택을 했다.

그러던 어느 날, 예상치 못한 반가운 소식을 접했다. 나와 파견 동지는 그동안의 병가와 질병 휴직을 '공무상 병가'로 인정받게 되었다. 비로소 모든 것이 끝을 맺었다. 직장 내 괴롭힘이 가지는 사회적 통념과 편견에 대한 우려와 두려움이 있었지만, 우리는 끝까지 포기하지 않았다. 참 감사하고 다행스럽게도 조금씩이나마 우리 사회는 달라지고 있다는 것을 보여 주었다. 우리가 만들어 낸 결과는 경직되고 불합리한 조직 문화에 대해 경종을 울릴 수 있는 중요한 선례로 남을 것이라 생각된다.

요즘 나의 파견 동지는 학교의 보건교사로 너무 행복한 날들을 보내고 있다. 나 역시 간호학과 학생들을 만나며 내 본연의 모습으로 살아가고 있다. 우리 모두 진정한 자신의 모습으로 돌아왔음을 분명히 느낀다.

따스한 봄날이 오면 아마 아주 오랜만에 그와 마주할 것이다. 우리가 교육청에서 처음 만났던 그때처럼, 다시금 환하게 웃으며 보게 되리라 기대한다.

"이제 입을 벌려 말하고 손을 들어 가리키고 장막을 치워 비밀을 드러내야 한다.
나의 이것이 시작이길 바란다."

- tvN의 <비밀의 숲> 中

쉼 그리고
삶의 재발견

나는 쉼을 선택했다. 쉼을 통해 그동안 돌아보지 못했던 소중한 것들을 발견했다. 사랑스러운 아이들, 남편과 부모님 그리고 주변의 나무, 꽃, 공기 등 자연까지도 모두 아름답고 소중하게 느껴졌다. 그제야 내가 너무 짧은 시간 동안 저돌적으로 달렸다는 생각이 들었다.

오랜만에 유치원생이었던 막내를 편안한 운동복 차림으로 유치원에 데려다주었다. 오전 아홉 시가 넘은 시각, 이렇게 여유롭게 아파트 단지를 누비는 내가 어색하면서도 편안했다. '진작에 이렇게 살 걸 그랬나? 무엇을 위해 그렇게 내달렸나?'라는 생각이 들었다.

하지만 그것은 후회라기보다는 아쉬움에 가까웠다. 그래도 아직 늦지 않았다. 이제라도 우리 아이들이 커 가는 모습을 보고, 아파트 단지 놀이터에서 아이의 친구 엄마와 소소한 이야기를 나누며 여유로운 일상을 즐기고 싶었다.

우연인지 모르겠지만, 마침 나에게 새로운 친구가 생겼다. 먼저 나에게 다가와 준 막내의 친구 엄마가 있었다. 그 당시 나는 몸과 마음이 많이 지쳐 있었지만, 그를 만나면서 점차 힐링이 된 듯싶다. 그는 따뜻하고 편안한 사람이었다. 나도 모르게 왜 갑자기 쉬고 있는지, 그동안 무슨 일이 일어났는지 등을 털어놓았다.

늦은 밤 치킨집에서 만나 맥주를 한잔 마시며 아이 이야기, 직업 이야기 등 다양한 대화를 나누었다. 그의 직업은 내가 알고 있던 것보다 더 탄탄했다. 그는 아이를 낳고 육아에 전념하기 위해 과감하게 사직서를 제출했다고 말했다. 그는 "갑작스러운 사직에 전혀 후회가 없고, 아이를 키운다는 더 중요한 가치가 있었기 때문에 여전히 너무 잘한 일이라고 생각해요."라고 말했다. 내면이 매우 단단하고 뚜렷한 주관을 가진 사람으로 느껴졌다. 그렇게 그와 다양한 이야기를 나누며 다시 한번 나의 삶을 돌아볼 수 있었다.

난 복잡한 심경을 정리하는 차원에서 자연스럽게 글쓰기를 시작했다. 덴마크 작가, 이자크 디네센(Isak Dinesen)은 이런 말을 남겼다.

"All sorrows can be borne if you can put them into a story or tell a story about them."
"모든 슬픔은 당신이 그것을 이야기로 만들거나
그것들에 대해 이야기를 할 수 있다면 견뎌질 수 있다."

마치 나의 언어인 듯 깊이 공감이 갔다. 아이들을 학교에 보낸 후, 조용한 집에서 커피 한 잔을 즐기며 글을 썼다. 그러한 삶은 행복 그 자체였다. 일상적인 이야기부터 보건교사에 관한 내용까지 다양한 글을 썼다. 혼자 보기에는 왠지 아쉽고 사람들과 공유하면 좋겠다고 생각했다. 그래서 〈오마이뉴스〉의 시민기자가 되어 글을 올렸고, 채택되어 기사로 나오기 시작했다. 이후 연재 형식으로 더 많은 글을 쓰기 시작했다.

이런 기사들을 가족, 주변 지인들, 동료 보건 선생님들에게 공유했다. 어머니는 진작에 작가 쪽으로 진로를 잡아야 했던 것 아니냐며 농담을 건네셨다. 시인인 작은아버지는 글쓰기를 더 전문적으로 배우라는 조언을 하셨다. 파견 동지는 그 글들을 잘 모아 두었다가 먼 훗날에 꼭 책을 써 보라고 했다. 결국 그 꿈이 곧 현실로 이루어지려 한다.

특히 「학교를 떠나는 보건교사, 이제는 국가가 답해야 한다」라는 제목의 첫 기사가 가장 기억에 남는다. 코로나19 상황에서 보건교사로서 부장교사를 하면서 겪은 일과 함께 보건교사에 관한 나의 주장을 담았다.

이 기사는 의외로 많은 사람의 관심을 끌었다. 믿기지 않지만, E 교장 선생님에 따르면 어느 사이트에서 내 기사 제목이 검색어 상위에 올랐다고 했다. 네티즌들은 기사를 두고 뜨겁게 논쟁을 벌였다고 했다. 솔직히 악성 댓글을 보는 게 싫고 두려워서 그것을 애써 찾아보진 않았다.

하지만 고등학교 동창과 동네 친구, 동료 보건교사들은 그 기사에 대하여 이런 후기를 남겼다.

"대단하다. 어찌 고생했는지 이거 안 읽었으면 절대 몰랐을 뻔…."
"이런 고충이 있으시네요. 저조차도 보건교사에 대한 인식이 부족했네요. 작년부터 코로나 탓으로도 고생 많으셨겠어요."
"속 시원, 감동, 고마워."
"우리가 처한 현실을 잘 대변하는 것 같아요."
"잘 썼네, 참 생각이 많구나."
"공감돼요. 공유할게요."

몇 년 후, 우연한 기회에 다시 내 기사를 열람했을 때, 무언가를 발견하고는 감동했다. "감사합니다. 눈물겹게 공감되고 속이 시원해졌어요."라는 독자의 메시지와 함께 독자들이 보내 준 소정의 원고료가 있었다. 아마도 현직 보건 선생님으로 추정된다.

나의 기사에 공감과 연대를 보내 줌에 감사했다. 앞으로도 이렇게 공감되는 글을 써서 보건교사의 답답함을 조금이라도 시원하게 뚫어 주고, 아픔을 토닥여 줄 수 있었으면 좋겠다. 다만 지금은 내가 현직 보건교사가 아니라서 기사보다는 연구를 통해 논문을 쓰는 것도 방법일 것이다. 또다시 난 강렬한 어조로 제언을 쓸 것이다.

해매는 중이지만 찬란히 빛날 예정입니다

역시 사람은 변하지 않는 법이란 말인가. 마음 챙김 차원에서 조금씩 쓰기 시작했던 글쓰기에 갑자기 재미가 들린 건지, 욕심이 난 건지 알 수 없지만, 다시금 미친 듯이 글을 썼다. 지금 보니 당시 시민기자로서 썼던 기사들이 새롭고 웃음이 나기도 한다. 그리고 어떻게 그런 글들을 짧은 시간에 쏟아 냈는지 대견하기도 하다. 내 삶을 둘러싼 모든 것이 글의 소재가 되었다는 것이 신기할 따름이다.

그러던 어느 날, 박사과정을 시작하기 위해 글쓰기를 중단했다. 그런데 아이러니하게도 이제 시민기자를 넘어서 이렇게 책을 쓰고 있다. 드디어 꿈에 그리던 '작가'로 데뷔하게 될 날이 머지않았다. 예상보다 빨리 내 이야기를 쓰게 된 것 같다. 글을 쓰기 시작했을 때만 해도 언제 백 페이지가 넘어갈지 걱정했지만, 나의 보건교사 시절과 인생 이야기는 끝없이 이어지고 있었다.

아마도 글쓰기는 마음속 깊이 하고 싶은 일, 혹은 나를 행복하게 하는 일인 것 같다. 지금 나는 막연히 언젠가 할 수도 있겠다고 생각했던 일이 현실이 되는 짜릿함과 감격을 온몸으로 느끼고 있다.

나는 이렇게 새로운 삶 속에서 또 다른 나를 재발견하고 있다.

"Write a little every day, without hope, without despair."

- Isak Dinesen

"희망도 절망도 없이, 매일 조금씩 써라."

- 이자크 디네센

괴짜 보건교사가 전하는
솔직담백 편지

인생에서 가장 아프고 힘든 순간에 어떤 가치를 선택하느냐에 따라

우리의 삶은 달라질 수 있다고 생각합니다. 진정 옳다고 믿는 선택이

궁극적으로 인생을 행복하게 만든다는 뻔한 진리가 새삼 마음 깊숙이

와닿습니다.

내일은 오늘보다
찬란히 빛날 예정입니다

"The stars are best seen in the dark." - Charles A. Beard

"어둠이 깊을수록 별은 더 밝게 빛난다." - 찰스 비어드

이제부터
인생 2막

쉼을 통해서 내 삶은 평온하고 행복해졌다. 쉼을 통해서 비로소 숨을 쉴 수 있었고, 진정한 삶을 맛보게 되었다. 그러던 중 우리 가족은 남쪽의 아름다운 도시, 부산 해운대로 이사하게 되었다.

당시 남편도 내가 겪은 어려움 이상으로 여러 가지 직업적 고민과 고통이 많았던 것 같다. 참으로 다행스러운 것은 그때 내가 그의 곁에서 힘이 될 수 있었다는 점이다. 무엇보다 남편의 정서와 어려움에 대하여 깊이 공감할 수 있었다. 남편은 생각보다 정신적으로 위태로워 보였고, 내 경험을 토대로 남편의 선택과 새로운 삶을 지지했다. 그렇게 남편은 새로운 꿈을 가지고 원하는 일을 하게 되었다.

그렇게 나와 남편은 우리의 행복을 위해 큰 결단을 내렸다. 그것은 우리가 새로운 인생 2막을 여는 계기가 되었다. 지금 생각해도 너무 잘했다고 느낀다. 누구나 우리 부부와 같은 결단을 내릴 수 있는 것은 아니다. 그것은 내가 남편보다 먼저 겪었던 여러 가지 일들을 통한 깨달음에서 기인한 것이다. 한때 내가 불행이라고 생각했던 일들이 결국 나와 남편에게 새로운 길을 열어 준 동기로 작용한 셈이다. 내가 그토록 믿는 하늘이 우리 부부를 도와준 것이 아닌가 싶다.

오히려 바쁘게 살았던 시절보다 우리 부부는 훨씬 더 사이가 좋아졌고, 비로소 서로에게 진정한 삶의 동반자가 된 기분이다. 이전과 달리 시간도 많아지고 마음의 여유가 생겨나 데이트와 산책을 자주 한다. 어쩌다 우리 부부가 이곳 부산까지 와서 살게 되었는지 모르겠지만, '인생은 알 수 없다.'라는 말이 이제야 진정으로 이해되기 시작했다.

나는 쉼을 통해서 신체적으로도 정신적으로도 회복되어 갔다. 이제는 무언가 의미 있는 일을 하고 싶었고, 할 수 있는 시점이라고 생각했다. 그래서 학교에 연수 휴직을 제출하고 교육청 파견으로 한 학기 미뤘던 대학원 박사과정을 시작했다.

당시 코로나19로 인해 강의가 모두 비대면으로 이루어졌는데, 첫 수업의 자기소개 과정에서 이렇게 말했다.

"저는 글쓰기를 좋아합니다. 박사학위를 받으면 글을 써서 책을 한 권 써 보고 싶습니다."

당시 시민기자로서 짧은 글을 쓴 경험만 있었을 뿐, '작가'라는 꿈을 가질 생각은 없었다. 그런 내가 '작가'라는 거창한 꿈을 말한 것이 조금 부끄러웠고, 실제로 작가가 될 수 있겠다고 결코 생각한 적이 없었다. '말이 씨가 된다.'라는 옛말을 누가 만든 것인지 모르겠으나, 놀랍다. 자기소개 속 소망이 진정 결실로 이어질 수 있다는 희망이 생겼다.

그리고 또 하나의 결실로 박사학위를 취득했다. 그토록 소망했던 일이었지만, 막상 이루니 의외로 담담했다. 대학원 동기들은 박사학위 논문이 완성되었으니 이제 졸업 전까지 편히 쉬라고 했다. 이제는 좀 쉬어도 되지만, 나는 또다시 무언가를 하고 있다.

나의 보건교사 시절의 일화들이 내게는 상당한 의미가 있지만, 그것을 과연 책으로 엮을 수 있을지 의구심이 들었고, 실행할 용기도 없었다. 하지만 내가 책을 출간하고자 마음먹은 것은 남편의 권유 덕분이었다. 남편은 예전부터 종종 내게 책을 써 보라고 부추겼다. 나는 그런 역량이 부족한 사람이라 생각했지만, 충분하다며 용기를 주었다. 그는 이렇게 말했다.

"그런 걱정은 하지 마. 당신 정도의 스토리가 누구에게나 쉽게 볼 수 있는 스토리가 아니라니까. 그래서 책을 써 보라는 말이지."

나는 그의 말에 힘입어 조금씩 글을 쓰기 시작했고, 어느덧 상당한 양의 글이 완성되었다. 시작은 미미했으나 그렇게 나는 비로소 하고 싶었던 이야기를 쓰게 되었고, 이제 막바지를 향해 가고 있다.

나의 지난 이야기를 쓰면서 웃음도 나지만, 때로는 눈시울이 촉촉해지기도 하며 가슴이 아련하기도 했다. 이렇게 내 인생의 상당 부분을 차지했던 보건교사 시절을 글로 정리하고, 책으로 남길 수 있어서 참으로 감사하고 행복하다. 그리고 여전히 과거의 이야기를 또렷이 기억하고 추억할 수 있어서 다행이다.

내가 박사학위를 받게 된 것도 남편의 지지 덕분이었다. 나는 자주 불안했고, 자신에 대한 믿음이 부족했다. 과연 내가 박사학위를 받을 수 있을지 끊임없이 의심했다. 하지만 남편은 이런 내게 늘 심드렁하게 "시간이 지나면 다 해결될 텐데, 왜 그러냐."라고 얘기했다. 사실 그의 무미건조한 말투가 가끔 속상했다. 난 정말 진지하게 힘들고 걱정이 많은데, 도대체 왜 저렇게 태연한 태도로 말하는지 이해하기 힘들었다. 하지만 남편은 본래 그런 사람이었다. 그 역시도 사람은 바뀌지 않으니까 말이다. 남편은 가끔 이렇게 말했다.

"내가 보기엔, 당신의 불안은 성취의 원동력인 것 같아. 불안하지 않으면 뭔가 허전하지 않아?"

지금 생각해 보니, 정말 그랬다. 난 보건교사를 하는 동안, 그리고 지금도 불안감을 떨쳐 내지 못한다. 늘 미리 계획하고 성취해야만 했고, 최선을 다해야만 했다. 목표를 이루면 또 다른 것을 이루고자 했다. 마치 걱정이 없으면 안 되는 사람처럼 스스로 걱정을 만들기도 했다. 그런 내 성향을 이제는 인정하고 받아들이기로 했다. 그러다 힘들어지면 스스로 노력하거나 전문가의 도움을 받기로 했다.

이런 의미에서 간호학 박사과정은 힘들었지만, 그야말로 나라는 사람을 알아 가고 회복할 수 있게 도와준 과정이었다.

"박사과정은 단순히 학문적인 성취만이 아니라, 인생을 배워 나가는 과정이에요."

어느 교수님의 이 이야기가 매우 인상적이었다. 당시에는 몰랐지만, 이제는 그 말에 크게 공감한다. 박사과정을 통해서 나라는 존재 그리고 인생 전반을 돌아볼 수 있었다. 과거의 나는 '무엇이 될까?'를 가장 많이 고민했지만, 지금의 나는 '어떻게 살아갈까, 어떤 가치를 추구하며 살아갈까?'를 더 고민한다.

어느 날, 갑자기 아버지께 전화가 걸려 왔다. 아버지는 내가 박사학위를 받는 것이 내심 기쁘신 것 같았다. 무뚝뚝하시지만 깊은 정이 느껴지는 아버지의 마음이 수화기 너머로 전해졌다. 사실 부산과 대학원 간의 물리적인 거리가 너무 멀어서 핑계 삼아 졸업식에 가지 않으려고 했지만, 이번에는 꼭 가야겠다고 다짐했다. 부모님, 남편, 아이들과 내 인생의 중요한 순간을 함께하며 소중한 기억을 마음에 새기려 한다.

내 인생 2막의 서막을 알리는 아름다운 사진 한 장을 꼭 남기고 싶다.

호기심과
연구

내 교직 경험과 그동안 겪은 다양한 감정과 생각들은 연구의 동력이 되었다. 모든 연구자가 그렇듯, 나의 연구도 내 경험을 바탕으로 발전했다. 연구 대상은 단연 보건교사였고 주제는 직장과 관련되었다. 박사학위 논문의 주제는 '보건교사의 직장 삶의 질'이었다.

연구를 어떻게 하는지 제대로 알지 못했던 시절, 지도교수님의 도움을 받아 첫 번째 연구 논문을 완성했다. 제목은 「Perceived Discrimination and Workplace Violence among School Health Teachers: Relationship with School Organizational Climate(보건교사의 차별 인식과 직장 내 괴롭힘: 학교조직풍토와의 관계)」였다. 사실 보건교사뿐만 아니라 교사 대상의 직장 내 괴롭힘 연구는 국내외적으로 매우 드물었다. 하지만 '직장 내 괴롭힘'에 관한 연구를 너무 해 보고 싶었고, 보건교사를 하면서 느꼈던 '차별 인식'과 관심을 가졌던 '조직 문화'가 연구의 주요 변수가 되었다.

당시 SPSS 통계도 다룰 줄 모르고 연구 방법에 대해서도 정확히 알지 못하는 초보 연구자였다. 사비를 들여서 다른 사람의 도움을 받고도, 나중에 알고 보니 내 돈을 받아 간 사람이 제대로 통계를 돌려 주지 않은 정도였다. 역시 모르면 당하는 법이다. 하지만 지도교수님의 지도와 도움으로 우여곡절 끝에 첫 번째 논문을 완성했다.

이후 자발적으로 보건교사와 관련된 변수를 찾아 추가 연구를 진행했다. 두 번째 연구에서 '전문직관'과 '셀프리더십'이라는 변수를 사용한 이유가 지금 돌아보면 명확하지 않지만, 당시에는 그 변수를 활용해 보고 싶은 호기심이 있었다. 지도교수님을 잘 만난 덕분에 두 번째 연구 논문도 무사히 완성했다.

시간은 그렇게 흘러 어느덧 박사과정의 막바지에 이르렀다. 급한 내 성격을 반영하듯 걱정과는 달리 예상보다 빨리 박사학위 논문을 마무리할 수 있었다. 결국 남편의 말이 맞았다. 시간이 지나면 자연스럽게 해결되는 법이었다.

연구에 대한 흥미는 우연히 알게 된 '이차 자료 분석'에서 시작되었다. 한국청소년정책연구원과 같은 기관들이 진행한 설문조사가 너무 많다는 사실을 알게 되었고, 이 자료들은 비용 부담 없이 손쉽게 활용할 수 있다는 점에서 매력적이었다. 보건교사로서 학생들에게 궁금했던 점들과 개성이 뚜렷한 세 자녀를 양육하면서 알고 싶었던 것들을 풀어내기 위해 연구를 시작했다. 결국 나의 호기심은 연구를 이끄는 원동력으로 작용한 셈이다.

난 무언가를 시작하면 너무 깊이 빠져드는 면이 있다. 그렇게 밤낮을 가리지 않고 연구에 매달린 끝에, 박사학위를 받기 전에 세 개의 연구 논문을 완성했다. 내 이름으로 게재된 연구 논문을 지도교수님께 모두 공개했다. 이번만큼은 꼭 보여 드리고 싶었다. 교수님은 내게 "정말 열심히 살았네요."라는 메시지를 보내셨다.

최근 우연히 고려대학교 심리학부 허지원 교수님의 강연을 보게 되었는데, 그 내용이 깊은 울림을 주었다. 나도 이제는 지도교수님의 칭찬에 겸손을 가장한 "아이고, 아니에요." 대신 "감사합니다. 저도 그렇게 생각해요."라고 자신 있게 응답하고 싶다.

한때 지도교수님의 칭찬은 나를 날아갈 듯 기쁘게 하였지만, 스스로 인정하기 어려웠다. 나는 진정으로 지도교수님이 생각하는 그런 훌륭한 제자가 아닐 수 있으며 그런 사람이 될 수 없을 것 같아 두렵고 불안했다. 하지만 이제는 나 자신을 막아서던 그 경계, 즉 두려움과 불안, 내 역량에 대한 의구심을 직면하고 또 넘어설 준비가 되었다고 느낀다. 앞으로는 누군가의 칭찬에 여유 있는 미소로 "네, 저도 그런 면은 좋게 생각합니다. 정말 감사합니다."라고 답할 것이다. 꼭 그렇게 하고야 말겠다.

내가 연구에 흥미를 느끼게 된 것은 순전히 지도교수님의 지도력과 제자를 향한 관심과 애정 덕분이었다. 교수님은 나의 높은 불안과 많은 걱정을 단시간에 간파하시고, 격려와 지지, 맞춤형 지도를 해 주셨다. 내 단점은 인정하되 때로는 극복하도록 이끌어 주셨고, 장점과 역량은 최대한 발휘하도록 도와주셨다. 그리고 박사과정 동안 간호학과 학생들을 가르치는 경험이 중요하다고 조언해 주신 분도 지도교수님이었고, 그 경험 덕분에 막연했던 꿈을 더욱 구체화할 수 있었다. 이 책을 빌려 교수님께 다시 한번 깊은 감사의 마음을 전하고 싶다.

최근 또다시 글을 쓰고, 새로운 꿈을 향한 도전을 시작하면서 가끔은 숨이 가쁘게 느껴진다. 예전 같았으면 더 몰아붙이며 달렸겠지만, 이제는 잠시 쉬어 가며 스스로에게 여유를 주고 싶다. 이것은 내가 살아온 삶의 경험을 통해 배운, 아주 소중한 지혜이자 깨달음이다. 앞으로 어떻게 삶의 균형을 유지하고 살아갈지가 내 삶의 남은 숙제이기도 하다.

연구에 대하여 부족함과 목마름을 느끼지만 조급함은 내려놓으려 한다. 이제는 한 걸음 물러서서 깊게 심호흡한 뒤, 따스한 봄이 되면 다시 연구를 시작해 볼 생각이다. 어떤 흥미로운 주제로 연구를 이어갈지에 대한 설렘과 떨림, 그리고 조금의 두려움도 함께 존재한다.

하지만 확실히 박사과정일 때와 달리 이제는 모든 과정을 마친 덕분인지 마음속에 여유가 생겼다. 이 여유는 오히려 내 생각과 감정을 더 깊이 확장해 주고, 새로운 영감을 불어넣어 주는 듯하다.

초보 연구자로서 나는 다짐한다. 앞으로는 우리 사회를 올바르게 변화시킬 수 있는, 비록 아주 작은 점일지라도 하나하나 정성스럽게 찍어 나가야겠다. 그렇게 나의 작은 점들이 모여 더 나은 세상을 만드는 데 기여할 수 있기를 바라며, 오늘도 나는 한 걸음씩 나아간다.

> "변화를 향해 나아간다는 건 나의 발이 바늘이 되어
> 보이지 않는 실을 달고 쉼 없이 걷는 것과 같다.
> 한 줌의 희망이 수백의 절망보다 낫다는 믿음 아래
> 멈추지 않는 마음으로 다시."
>
> - tvN의 <비밀의 숲2> 中

다시 찾은 세계,
간호학과

인생은 참으로 묘하다. 대학 시절 나는 다시는 간호학과로 돌아오지 않으리라 다짐했다. 심지어 부모님 몰래 간호학과를 그만두려 했던 적도 있었다. 물론 그 실행은 만 하루를 넘기지 못한 채 무너졌고, 양심의 가책에 결국 자백한 뒤 다시 간호학과 학생으로 돌아갔다. 그런 내가 지금은 간호학과 학생들을 가르치고 있다니 정말 놀랍다.

간호학과 학생들과 만나고 대학 강사로 일한 지 5년 차에 접어들었지만, 여전히 가르치는 순간은 떨리고 설렌다. 처음에는 불안과 걱정이 태산 같았다. 학생들과 어떤 이야기를 나눌지 실습 지도 중 어떤 피드백을 줄지 어떤 내용이 도움이 될지 매 순간 고민했다. 이런 고민을 들은 지인은 "아직 일을 덜 해서 그렇지. 시간이 지나면 다 괜찮아질 거야."라는 말을 반복했다.

과연 그럴까? 난 항상 의구심을 품었다. 시간이 지나면 나의 이 고민이 해결될까? 궁금했다. 그런데 지금에 와서야 지인의 그 말을 이해했고, 의심을 떨쳐 버렸다. 시간이 해결해 주는 것은 익숙함만이 아니라 나 스스로에 대한 신뢰였다. 요즘 학생들과 콘퍼런스를 하다 보면 문득 스스로에게 놀랄 때가 있다. '내가 하고 싶었던 이야기가 이렇게 많았던가? 어떻게 이렇게 자연스럽게 말이 흘러나올까?'

무엇보다도 간호학과 학생들의 그 눈빛이 너무 빛나고 예쁘다. 취업을 앞둔 4학년 학생들을 주로 지도하다 보니, 그들의 눈빛에 아로새겨진 꿈과 희망이 반짝거리는 것 같다. 내가 하는 말 하나하나에 고개를 끄덕이고 진심으로 귀 기울이며 마음 깊이 새기는 듯 보이는 간호학과 학생들을 볼 때마다, 그들에게 꿈과 희망을 주는 사람이 되고 싶다는 마음이 더욱 간절해진다. 그리고 지금의 나처럼 그들도 바라는 일을 하며 진정한 행복을 찾기를 바란다.

특히 방황했던 청춘 시절의 내 모습을 떠올리게 하는 학생들을 만날 때면 마음이 더 깊이 움직인다. 학업과 진로로 고민하는 그들의 모습은 과거의 나를 닮아 남 일 같지 않다. 그런 학생들에게 몇 년 전 내가 썼던 「40대의 방황이 주는 의미」라는 기사의 링크를 조용히 보내곤 했다. 때로는 몇 마디 말보다 진심을 담은 글이 사람의 마음을 움직일 수 있다고 믿기 때문이다. 물론 그 진심이 언제나 통하는 것은 아니며, 무조건적인 기대를 해서는 안 된다는 것도 잘 안다. 그저 내 글과 언어가 내가 할 수 있는 최선이자 진심을 전하는 방법일 뿐이다. 그럼에도 불구하고, 내게 보내 주는 학생의 답장 속 "감사합니다."라는 그 한마디가 왠지 모르게 나에게도 용기와 힘이 된다.

현재의 나라는 사람만 보아도 알 수 있다. 우리 삶 속의 방황은 결코 헛된 것이 아니다. 방황의 시간은 때로 아프고 혼란스럽지만, 그 끝에는 언제나 자신만의 세계가 기다리고 있을 것이다. 그 세계가 정확히 언제, 어떤 모습으로 나를 맞이할지는 알 수 없다. 그러나 분명한 것은 그 여정이 나를 더 단단하게 만들고 있다는 사실이다. 언젠가 마주하게 될 나의 세계, 그곳이 지금은 한없이 궁금하고 또 설렌다.

나의
나아감에 대하여

나는 예전만큼 조급하지 않다. 물론 내 급한 성격을 말하는 것이 아니다. 내가 하고자 하는 것, 목표에 대하여 서두르지 않는다는 것이다. 그렇다고 하여 난 멈춰 있지는 않을 것이다. 계속 나아갈 것이다.

이제 나에게는 단 하나의 길만 주어진 것이 아니다. 그 사실이 나를 조급하지 않게 하고 여유롭게 만든다. 감사하다. 보이지 않지만 나에게 펼쳐지는 미지의 세계, 여러 갈래의 길이 날 기다리고 있다고 생각한다. 내가 과연 어느 길로 가게 될지, 그 길 끝에는 어떤 미래가 펼쳐질지 아무도 모른다.

그러나 분명한 것은 어떠한 길로 가지 못해서, 혹은 어떠한 길로 들어서 실패한들, 그것이 영원한 실패라고 생각하지 않는다. 어쩌면 그것은 또 하나의 기회가 될 수도 있다. 그렇기에 나는 슬퍼하거나 좌절하지 않을 것이다. 그것은 지금의 내가 깨닫게 된, 지난 삶이 내게 알려 준 인생의 이치이다.

무수히 많은 길 중 어느 길이 나의 길이라면, 하늘이 조금 더 빨리, 혹은 예상보다 더 늦더라도 언젠가는 그 길을 열어 줄 것이다. 이 유연함은 그동안 내가 겪어 온 무수히 많은 도전과 역경이 선물한 깨달음이다.

나의 도전은 현재 진행형이다. 그것이 나에게 가져다줄 새로운 경험과 펼쳐질 미래가 매우 궁금하고 흥미롭다. 물론 불확실성에 대한 불안과 두려움은 존재한다. 하지만 그것을 이겨 내는 힘이 강해진 것만은 분명하다. 여전히 나는 새로운 일을 시작할 때 지나치게 몰두하고 과도한 에너지를 쏟는다. 이제는 그것을 내 고유의 장점이자 역량으로 받아들이기로 했다.

무엇이 꼭 되어야만 한다는 압박감과 열망으로 가득했던 치열한 지난날들과 지금의 내가 완전히 달라졌다고는 할 수 없다. 하지만 이제는 반드시 그 무엇이 되지 못하더라도 괜찮다. 무엇을 위해서, 그리고 어떤 가치와 철학을 추구하면서 살아갈 것인지 먼저 고민하기로 했다. 그리고 예전처럼 바쁘고 힘든 날이 다시 찾아오더라도 그 속에서 놓치지 말아야 할 소중한 것들을 떠올리고, 그것의 존재를 온 감각으로 느끼며 살아갈 것이다.

엄마, 강사, 교수, 작가…. 내 이름 앞에 붙일 수 있는 수식어는 이토록 많다. 그중에서 내가 진정 바라고, 나를 행복하게 만드는 일은 무엇일까? 여전히 답을 알지 못한다. 과연 정답이 있을까 싶기도 하다. 어쩌면 답은 하나가 아닐 수도 있고, 그 안에 답이 없을 수도 있다. 아니면 언젠가 또 다른 새로운 수식어가 등장할지도 모르겠다. 하지만 언젠가는 어렴풋하게 그 답을 알게 되는 날이 오리라 믿는다. 그날이 오기까지 나는 계속 나아갈 것이다.

2005년, 스티브 잡스가 스탠퍼드 대학교 졸업식에서 했던 연설 중 그의 마지막 말이다. 끊임없이 도전하고, 배움을 멈추지 않으며, 두려움 없이 새로운 것에 도전하라는 메시지로 졸업생들에게 큰 영감을 주었던 말이다.

"Stay hungry, Stay foolish!"

- Steve Jobs

"언제나 갈망하고, 우직하게 나아가라!"

- 스티브 잡스

괴짜 보건교사가 전하는
솔직담백 편지

제가 감히 누군가에게 무슨 말을 해 줄 수 있을지 많이 망설였습니다. 서툴고 부족하지만, 그럼에도 도전하며 고군분투한 지난날들이 어둡고 알 수 없는 미래의 저를 찾아가는 현재의 저에게 분명 빛이 되어 줄 것입니다. 그래서 오늘도 헤매는 중이지만 괜찮습니다. 그리고 행복합니다. 언젠가는 찬란히 빛날 거라고 믿습니다.

당신의 헤맴이 찬란한 빛이 되길

이십 대 보건교사가 된 순간부터 사십이 넘은 현재에 이르기까지, 어느덧 제 이야기가 한 편의 책으로 완성되었습니다. 마치 누군가의 일기장을 들여다보듯이, 제 이야기를 한 장 한 장 읽고 또 읽었습니다.

어떤 순간은 어렴풋했고, 어떤 순간은 지금도 생생하게 눈앞에 그려졌습니다. 어떤 장면은 웃음을 자아냈고, 어떤 장면은 마음이 아팠고, 어떤 장면은 눈물이 흘렀습니다. 어떤 말은 희미하게 스쳐 갔고, 어떤 말은 마치 지금도 그 사람과 마주해 나누는 대화처럼 또렷하게 들려왔습니다.

온 감각을 과거로 집중시켜, 모든 기억과 추억의 순간들을 저만의 언어로 재생시킬 수 있음에 감사했습니다. 때로는 여전히 꽉 붙잡고 놓지 못했던 마음과 생각을 이제는 정리하고 비워 낼 수 있을 것 같아 후련하기도 했습니다.

최근 책을 쓰면서 아주 오랜만에 제 블로그 글들을 쭉 읽어 보았습니다. 2021년, 처음 글쓰기를 시작했을 무렵 어느 드라마를 보고 쓴 글을 발견했을 때, 깜짝 놀랐습니다. 마치 과거의 제가 현재의 저를 바라보며 쓴 듯 느껴졌습니다.

"나의 미래 그리고 선택의 결과를 떠나서, 현재 나는 최선의 선택을 하였고,
이제 한 걸음이라도 내딛으려는 나 자신을 많이 안아 주리라.

불안하고 두려운 미래, 작은 확률에 막혀 움츠리고 있는 나의 꿈과 가능성이
결코 안전하고 높은 확률에 영원히 눌려 있도록 할 수는 없다."

- 2021. 6. 18. 김주희

다행입니다. 과거의 저는 현재의 저와 여전히 닮아 있었습니다. 그리고 과거의 제가 꿈꾸던 미래의 제 모습은 현재의 저를 결코 실망하게 하지 않았습니다. 돌아보니, 그때도 잘 살아왔고, 지금도 잘 살아가고 있음에 뿌듯하고 행복합니다.

지난날 저는 서툴고 부족했지만, 저만의 꿈과 희망을 품고 막무가내로 도전하며 고군분투했습니다. 현직 보건교사, 보건교사를 꿈꾸는 분들, 지금도 어디선가 외롭고 힘든 도전을 감행하는 분들, 새로운 꿈을 향해 나아가는 분들 그리고 이 책을 읽는 모든 독자분들께 마지막으로 이 말을 전하고 싶습니다. 이 글은 몇 년 전, 제가 시민기자로 썼던 글입니다.

"남들과 다른 생각을 해도 괜찮아.
움츠러들지 말고, 네가 가진 생각과 꿈을 펼쳐 봐.
방황해도 괜찮아.

그 방황이 너에게 네가 꿈꾸는 길을 열어 줄 거야.
응원한다."

- <오마이뉴스>의 「40대의 방황이 주는 의미」 中

헤매더라도 괜찮습니다. 그 자체로 충분히 의미 있는 시간이니까요. 그리고 행복합니다. 비록 보이지 않는 미래일지라도, 우리는 언젠가 찬란히 빛날 것입니다. 저는 그 희망을 품고, 언제나 저답게 살아갈 것을 다짐합니다.

"당신의 헤맴이 찬란한 빛이 되는 그날을 진심으로 응원합니다."

2025년 2월

김주희